光文社文庫

長編小説

劫《こう》尽《じん》童《どう》女《じょ》

恩田　陸

光　文　社

CONTENTS

劫尽童女

こうじんどうじょ

VOLUME 1　化現《けげん》

闇の中で、一人の男がその瞬間を待ち続けていた。

空には星。全身を包むオゾンの匂い。澄んだ音や耳障りな音で闇を埋める虫の声。初秋の気配は夜の林の中にそっと忍び寄る。もう数週間もすれば、紅葉が天から山の斜面を駆け降り始めるだろう。

彼の胸には緊張も興奮もない。ただその瞬間までじっと待つだけだ。

男は林の中の斜面に静かに座っている。それは眠っているようにも見える。そのうちうつらうつらと船を漕ぎ始めそうだ。膝の上にだらりと腕を載せ、寛《くつろ》いだ表情はいい夢を見ているかのよう。

だが、彼の内側はひんやりと覚醒《かくせい》している。スイッチが入るのを待っている。待機電力だけがかすかに消費され続けている。

闇に同化せよ。感情を忘れ、筋肉を寛がせよ。だが、身体を眠らせてはいけない。スイッチが入った瞬間に、エネルギーを爆発させられるように。

すぐ近くに彼の相棒が伏せている。

相棒に比べれば、自分はなんと短気なことか。彼は相棒の気配を心地好く感じとる。

自分と同じように今闇の中に潜んでいる他の男たちもプロとして信頼していたが、それでもこの相棒が与える安心感にはかなわない。夜の空気を伝わって互いの間に存在する一体感は、体験した者でなければ分からないだろう。

彼はチラッと自分の腕時計に目を走らせる。海底の夢のように浮かび上がる文字盤は、自分の目が見えるという事実を改めて思い出させる。

所要時間は短ければ短いほどいい。突入から撤退まで、目標は三分以内だ。


それより一週間前、八月二十二日の午前九時過ぎ。

喧騒とは無縁の、高原の晴れた朝である。

陽射しはまだ夏のものだ。だが、澄みきった空気のひんやりとした冷たさに無視しきれないものがあり、秋の兆しを否定することはできない。

夏の終わりの疲労と焦燥に滲んだ避暑地の商店街を抜けて、乾いたアスファルトの道を十五分ほど行くと、ゆったりとした林が心地好い日陰を作り、近寄りがたい高級感を漂わせた一角が現れる。ここは、古くからの由緒ある別荘地だ。なだらかな斜面に、趣味の良い造りの別荘が即《つ》かず離れず位置し、さりげなさと同時に贅沢な雰囲気を漂わせている。

一人の男が、その別荘地への道をゆっくりと歩いてくる。

四十に手が届くか届かないかという年齢。端整な彫りの深い顔は、彼の思慮深さと教養を感じさせる。すっきりとした無駄のない体格ではあるが、手には杖を持ちゆっくりと道を踏み締めてやってくる。白のリネンのシャツに、ゆったりした黒のコットンパンツ。胸元に覗くシルバーや腕時計も品が良く、高級品であることをさりげなくアピールしている。この高級別荘地を訪れるのには申し分ない見てくれだ。

彼には連れがある。毛並みが美しく身体の引き締まったシェパードだ。主人の歩く速度を熟知しているのか、主人の少し前を歩くように規則正しいテンポで進んでいく。

きらきらと木洩れ日が、林の中に柔らかに降り注ぐ。男は眩しそうに梢《こずえ》を見上げながら別荘地の中のメイン道路をゆっくりと歩いていた。

既に夏の休暇を終え、引き払った家も多いようだ。人の暮らしていない家というのは、独特の静寂がある。特に、少し前まで人がいた家は、抜け殻のようにかすかな生の気配を残している。それが余計に人間の不在を浮かび上がらせるのだ。

男はゆっくりと地面を踏み締めながら、頭の中の地図と付近の家々との位置を照らし合わせている。カマボコ型の鉄製の郵便受を眺め、通り過ぎる。

O製紙会長別荘——夫婦と長女とその夫、三女、孫三人、コリー犬一匹。ここも明日には無人になる。その後方に建っているのは彼の長男が最近建てた別荘。長男はベンチャービジネスで忙しく、この夏は不使用。

隣はM銀行頭取の別荘。夫婦二人で滞在中。頭取は東京と行ったり来たり。完全に帰京するのは二十五日。早朝、運転手が迎えに来る。

蔦《つた》のからまる、背の低い木の門を右手に見る。

K大学教授別荘。専門は宇宙物理学。夏はいつも大学の同僚や友人たちが入れ替わり立ち替わりやってくる。現在の滞在者は調査中。八月いっぱい滞在予定。柴犬二匹、三毛猫一匹。かつてはあの男とも親交があったはずだが、今は音信不通のようだ。

と、足元を歩いていたシェパードがぴくりと反応した。男は左手に目をやる。林の中から大きな籠を持った一人の華奢《きゃしゃ》な少女が軽やかに駆け降りてきた。

少女はハッとしたように男を見、犬を見、男の杖を見た。

「こんにちは」

彼女はぴょこんとお辞儀をして、屈託のない目で正面から男を見た。

切り揃えられた前髪の下に、あどけない目が並んでいる。十歳くらいか。利発そうで可愛い子だ。十歳くらいの女の子というのは、リストになかった。

「こんにちは」

男もゆったりとお辞儀を返す。

「足が悪いの？」

少女は悪びれもせずに男の杖を見る。

「もう治ったんだけどね。左足がほんの少しだけ短くなっちゃったんだ。意外と不安定なもんでね。こういう傾斜のあるところは杖を使うことにしてるのさ」

「へえ」

少女はもう彼の足に興味を失ったようだった。青い布ナフキンが掛けられた籠をそっと地面に置き、シェパードの前にかがみ込む。

「名前は?」

「アレキサンダー」

「立派な名前ね」

アレキサンダーは尻尾を振った。こんなに愛想がいいのは珍しい。

木洩れ日の中の少女と犬。男は一瞬、この牧歌的な風景にデジャ・ヴュを覚えた。

「お使い?」

男は少女の持ち上げた籠を覗き込む。小さな赤い菊の花がはみだしていた。

「うん。おばあちゃんに頼まれて」

少女は斜面の上にある地味な平屋に視線をやった。

なるほど。あそこには古くからの馴染みの別荘を管理している老夫婦の家があったのだ。

この娘はそこの孫だろう。

「お父さんとお母さんは、始めたお店が今大事な時期なんだって。だから、あたしはおばあちゃんのところで夏休み」

少女は聞かれもしないのにすらすらとそう喋った。何度も親や祖母に言い聞かされている台詞《せりふ》なのだろう。女の子は大人になるのが早い。

「淋しい？」

「ううん。あたし、一人でぼうっとしてるのが好きなの。世間づきあいは疲れるもん」

少女のおしゃまな台詞に男はくすっと笑った。

「おじさんはこれから夏休み？」

やはり『おじさん』と呼ばれるとこたえるものだな、と心の中で苦笑しながら男は小さく首を振る。

「いや。仕事だよ。おじさんの親戚があの先にいてね。そこでゆっくり仕事の打ち合わせをするために来たんだよ」

「ふうん。わざわざこんなところまで来て大変だね」

男が二つに分かれている道の右手の奥を指差すと、少女はしたり顔で気の毒そうな顔をした。男は感じのいい笑みを浮かべる。

「でも、ここは空気がいいし、静かなところだし嬉しいよ」

「頑張ってね」

少女は左手の急な坂を登りながら、男に手を振った。男も手を振り返す。林を吹き抜ける風が、少女の籠の青いナフキンをはらりと吹き上げる。そこに、エアメールと思《おぼ》しき封筒が見え、男は思わず足を止め目を見開いた。その封筒の宛名に、「ISEZAKI」の文字が読み取れたからである。男は暫《しばら》く少女の後ろ姿を無表情に見送っていたが、やがて犬を促し右手の道を進んでいった。

伊勢崎《いせざき》博士が日本に舞い戻っているという第一報が入ったのは『ZOO』にとっては寝耳に水だった。

博士は七年もの間、完璧に姿を消していたからである。

その間、『ZOO』は表面上では平静を装っていたが、裏では血眼《ちまなこ》になって捜索を続けていた。だが、博士は見事なまでに痕跡を残さず、『ZOO』に尻尾をつかませなかった。それが、突然、日本の避暑地、しかも彼の名義の別荘に堂々と戻ってきているという情報は、最初は誰もが誤報だと思ったくらいだった。日本に放してある『BUG』が、誤認したのだと。

しかし、翌日送られてきた写真はたちまち『ZOO』を覚醒させた。

伊勢崎博士と彼の息子は今確かに日本の長野にいる。

そして、『ハンドラー』が呼び出された。

男はゆったりとした足取りで道を進む。

木洩れ日をさっと遮《さえぎ》る小鳥たちが、映画の序奏のような明るいメロディを軽やかに歌う。男は口笛でそのさえずりを真似た。

アレキサンダーの足取りが早くなった。自分の目的地が近付いてきたことを悟ったのだ。右手の白樺林の奥に、絵に描いたような山小屋風の建物が見えてきた。

素晴らしい見張り小屋だ。

男はかすかに皮肉な笑みを浮かべると、アレキサンダーに続いて小さな鉄の門を押し開けた。

インターホンに向かって決められた言葉を言うと、扉が開き、ポロシャツを着ていかにも休暇中の格好をした上品な中年男――その実、その目は全く笑っていないし周囲を素早く見回しているのだが――が男を招き入れた。だが、遠目には寛いでいる別荘の主と、彼を訪ねてきた訪問者にしか見えないだろう。

アレキサンダーは男の指示に従い入口でパタリと伏せる。次に男が指示を出さなければ、雪が降るまでここに伏せているだろう。

「素敵なおうちだな」

「ふん。安普請《やすぶしん》さ」

中には更に二人の男が詰めていた。彼等もコットンシャツやTシャツという休日モードのスタイルだが、がっしりした身体の男は大きな機材の前にヘッドホンをして座っているし、もう一人の若い方は、はしごの上で中二階となったベッドルームの窓から双眼鏡を手にじっと動かない。

一応テーブルの上にはビールの空き缶やウイスキーのボトルが置いてあるが、彼等が一滴も飲んでいないし飲む気もないのはよく分かっている。これは誰かが誤ってこの家を覗いた時のための、楽しい休暇の演出なのだ。

男は杖を玄関の脇に立て掛けると、すたすたと歩いて軽やかにはしごを駆け登った。

ポロシャツの男は杖を見下ろし、フンと鼻で笑った。

「まだこんなもの持ち歩いてるのか、ハンドラー？」

「左足が五ミリばかり短いのは本当さ、プロフェッサー。ちっちゃな女の子からばあさんまで親切にしてくれるぜ」

「おまえはその上品なツラが杖の上にくっついてるからな。驚いたことに、足の悪い男が好きだって女は結構いるんだよな。そいつらに言わせると、足をひきずるところがたまらなくセクシーに見えるんだそうだ」

「お望みなら、自分で楽しめるように足くらい何本でもへし折ってやるのにな。膝を砕かれて立ち上がれなくなってもそんな台詞を吐けるかどうか試してみたいもんだ」

男は窓の外を用心深く覗き込んだ。

「ケン、どうだ?」

まだ二十歳そこそこの若い男が双眼鏡を目に当てたまま頷《うなず》いた。

「確かにいます。ここ二日ばかり出てきませんが」

「息子も一緒か?」

「一緒です。息子は全く外に出ません。博士は何度か出入りしましたが、食料を受け取る時だけです」

「食料?」

「管理人のところの子供が二日に一度ずつ届けに来るんです」

この素敵な家を選んだのは、この屋根裏部屋から博士の別荘が一望できるからだった。博士の別荘は坂の上の中腹にあって、この家から見晴らすことができる。

持ち主は化学肥料会社の主任研究員だった父からこの家を受け継いだ長男なのだが、最近会社を興した野心満々の彼は、エネルギッシュなヤングエグゼクティブらしく夏休み返上でアジアやアメリカを商談で飛び回っているらしい。今ごろはシアトル辺りにいるだろう。

そして、何よりもこの家の隣にあたる近所の別荘は、皆既に引き払ってしまっていた。一番近くて誰かがまだ住んでいるのは、五百メートル以上離れた屋敷である。

ケンから双眼鏡を受け取って男は目を当てる。

さっき道で会った少女が、玄関先に籠を置いてインターホンを押した。ふたことみこと話したあと、くるりと扉に背を向けてあっというまに元来た道を駆け降りてゆく。

と、扉がかすかに開いて、ひょいと伸びた男の手が籠を中にひっ込めた。

「なるほど。一応警戒はしてるようだな」

「でも、のこのここんなところに戻ってきたこと自体、油断してるとしか思えませんね」

ケンが軽口を叩いた。ケンというのは彼の本名ではない。彼等は互いの本名を知らない。

ケンは、見た目はあまりにも普通の爽やかな青年なので、皮肉を込めて付けられたニックネームだった。だが、彼はその無邪気な顔で易々《やすやす》と人を殺してみせる。的確で迷いのない殺傷技術は『ZOO』の中でも評価されていたが、一方で彼は仲間に気味悪がられてもいた。誰も真否の程は知らないのだが、彼が屍体《したい》愛好者であり、任務の時敵の遺体によからぬ行為を働いて海兵隊のエリートコースを外れたという噂が絶えなかった。

「なるほど」

男はそう呟き、おもむろにスッと手を動かした。

ケンは男の顔を見、次に自分の手元を見てぎょっとした顔になる。

窓枠に置いた指の間にアーミーナイフが突き立てられていた。

「ひっ」

ケンはかすれた声を上げ、慌てて手をひっ込めると恐怖に満ちた目で男の顔を見る。

「油断してるのはおまえの方だ。博士はこっちの手の内を知り尽くしてる。これまで『ZOO』は全く博士の行方を突き止めることができなかった。それがどういうことなのかおまえには分かっていない」

ナイフを引き抜きながら男は低く呟いた。何事もなかったかのようにナイフをしまう男の横顔を、ケンはおどおどしながら眺めている。

「博士は自らここに現れた。どういうことだ」

男は既にケンのことなど気に留めてもいないかのように呟く。


闇の中で男は考える。虫の声に脳波が同化している。

男はそっと無意識のうちに膝を撫《な》でている。男は考える。この足のこと。少し短い左足のこと。

恨んではいない。自分が愚かで若かっただけのことだ。むしろこの足は記念碑であり、教訓でもある。彼には感謝している。前よりもずっと敏捷になり、思慮深くなった。ここまで生き延びてこられたのはこの足のお陰だ。

男はそっと目を開ける。頭のどこかで注意信号が小さく点灯したのを感じたのだ。

闇の中に、博士の家の明かりがくっきりと浮かび上がる。

なんだこの雑念は？　ノスタルジーか？　過去のことを思い出すなど、普段の自分では考えられないことだ。ただ、時として鮮明に記憶が蘇《よみがえ》る瞬間がある。かつてのその経験が現在の生死を分けるポイントになる場合だ。無意識に身体が検索し、過去のケースを蘇らせる時だけだ。

この状況。この場面。

男はデジャ・ヴュを覚える。これはあの時に似てはいないだろうか。

俺が左足を吹き飛ばされた時の状況に？

それはもう八年も前のことになる。

まだ彼はようやく人前の『ハンドラー』になったばかりだった。アレキサンダーは将来を嘱望《しょくぼう》されていたし、彼よりもアレキサンダーの給料の方が比べ物にならないほど高いと言われていたほどだ。彼は黙々と習練を積んだ。アレキサンダーの能力に対応し、彼の信用を得るにはそれしか手立てがなかったのだ。

当時、既に伊勢崎巧《こう》博士の身辺はきなくさいことになっていた。近く何か決定的な決裂が彼と『ZOO』との間で起こることを誰もが予感していた。

博士は九州の長崎の出身で、溯《さかのぼ》れば古くから藩医や軍医を輩出した家系であり、博士は父の代からアメリカで仕事をするようになった二世である。博士はいわゆる天才児であって、早期英才教育を受けていた。十四歳で大学に入り、生え抜きの軍医として税金で手厚く育てられてきたということくらいしか彼に関する知識はない。むろん、それが国家機密に関わる研究をさせるためであることは容易に想像がつく。

伊勢崎博士の研究は『ZOO』の主幹を成すものであり、博士には何年も前から二十四時間の護衛兼監視が付いていた。しかし、博士と『ZOO』との軋轢《あつれき》は年々大きくなっていたのは明白だった。理由は単純である。博士は自分の研究をもっと多くの場所で役立てたいと望んでおり、『ZOO』はそれを望んでいなかったということである。よくある陳腐な話だ。

だが、事態はある日を境に深刻になった。

博士は研究の全てを持って失踪したのである。

「夫はおりません。お引き取り下さい」

青ざめてはいるが、夫人の声はしっかりしていた。

博士のことだ、周到な準備をしていたのだろうが、あの時はまだ一歩出遅れていた。予想以上に追っ手が早かったとも言える。九十日間の長期臨床実験が迫っていたから、博士にはあまり詰めの時間がなかった。

夫人は男の顔を見るとハッとした。同じ日本人が加わっていることに複雑な感情を覚えたらしい。一瞬すがるような目をしたが、たちまち怒りと軽蔑の目に変わった。むろん、男はそんなことに頓着《とんちゃく》などしなかった。

男たちは無言で部屋に押し入った。夫人は抗議の声を上げたが、誰も聞いてはいなかった。夫人は荷物をまとめていたところだった。トランクやボストンバッグを逆さにしてひっくり返したが、博士の仕事に関わりそうなものは何もなかった。

男たちは家中を歩き回った。博士の行き先を示すようなものを探す目的もあったが、一番の目的は博士の二歳になったばかりの息子を探すことだった。子供を押さえれば、博士はもう捕らえたに等しい。だが、夫人以外には誰も人影はなかった。幼い息子をこのような状況の時に母親が遠ざけておくとは思えなかったが、どこかに預けているらしい。

男たちは押し黙ったままの夫人を激しく追及した。

あの時のリーダー、サムは残忍な男だった（その名は『サムの息子』から取ったものだったが、彼はそのことを喜んですらいた）。その残虐さは同僚ですら青ざめるほどで、男たちは思わず目をそらして、夫人が一本ずつ指を折られる音と悲鳴を聞いていた。

それでも夫人は白状しなかった。あんなに小柄で華奢な女性に、そんな強さがあるとは驚きだった。激昂《げきこう》した時の白人男性の目には今でも時々ひやりとさせられるが、あの時のサムの目は今思い出してもゾッとする。ただでさえいつも白っぽい瞳が更に青白く光り、瞳の奥でブンと音を立てて針が振り切れた音が聞こえたような気がしたのだ。

サムは彼女を床に殴り倒し、髪をつかんで頭を引き起こし、狂ったように平手打ちを食わせた。見る見るうちに小さな白い顔が腫《は》れ上がり、鼻と唇から血が流れ出す。

幾ら上司とはいえ、あまりの乱暴を見兼ねて男たちがサムを取り押さえた時には、彼女はもう虫の息だった。

「このことが上にバレたら大問題になりますよ」

誰かが不安そうに呟くと、サムはふん、と大きく鼻を鳴らし、夫人を荷物のように抱えて外に連れ出した。

「ま、待って、――ドバッグだけは」

夫人が不明瞭になった発音で弱々しく呟き、ベッドの上に散乱している荷物のそばに投げ出してある小さなハンドバッグの方に手を伸ばした。口から血と一緒に折れた歯が零《こぼ》れ、青いワンピースの胸元に落ちた。

男はさっとベッドのところに歩いていくとそのハンドバッグを手に取り、戻ってきて夫人に差し出した。

そう、あのカッチリとしたがま口のような黒のバッグは今でもよく覚えている。口紅とコンパクトくらいしか入らない、小さなバッグだった。

指が折れている夫人は、よろよろとバッグを腕に通し、引きずられるようにして車に乗せられた。ロングアイランドの高級住宅地だ。近隣とのプライバシーは十二分に保証されており、誰かに見られる気遣いはない。

「仕方がない、先に研究所の病院に寄ろう」

少し冷静さを取り戻したサムは、さすがに夫人がこの状態では自分の進退に影響すると考えたのか、そわそわしながら運転席の部下に向かって合図した。あの時は四人の男がいて、後部座席で二人が夫人を挟んでいた。男は一番最後に助手席に乗り込もうとした。

「いいえ！」

突然、夫人がバックミラーを見て顔を歪《ゆが》め、かすれた声で叫んだ。

その声にかぶさるように「ママ！」という甲高《かんだか》い子供の叫び声を聞いたような気がした。バックミラーの中の遠いところで、さっと小さな影が横切り、誰もが一斉に後ろを振り返った。

「行くのは地獄よ。あんたたちも一緒にね」

夫人は手の中のバッグをこじあけ、さっとかがみ込むと口で何かを引き抜いた。

男はその瞬間、夫人の顔を見た。

夫人も男を見ていた。目が合った。美しい、キラキラした小動物の瞳だった。窮鼠《きゅうそ》、猫を噛《か》む。その瞬間、彼は古い慣用句を日本語で脳裏に思い浮かべていた。

彼女は顔がめちゃめちゃに腫れ上がってはいたが、確かにその瞬間は笑っていた。そのグロテスクな笑顔を美しい、とすら思った。彼女の口には、ハンドバッグの中の手榴弾《しゅりゅうだん》から引き抜いたピンが血にまみれて挟まっていた。

間も、全てを真っ白に中断した。

「くるまを」

車を出ろ、という言葉を最後まで言い終えないうちに、閃光と爆発音が、意識も時間も空間も、全てを真っ白に中断した。

まだ車に乗る前だった男は、車のドアもろとも吹き飛ばされた。夫人を含め他の四人は即死。男は車のドアが爆風から身体を守ってくれたというものの、地面に着地する時にひしゃげたドアは彼の左足の膝下に突き刺さった。

ほぼ切断に近かった彼の足を繋ぐ手術は四時間にも及んだというが、もちろん彼にその記憶はない。目が覚めて最初に思ったのは、まだ訓練中だったアレキサンダーを連れていかなくてよかった、という安堵だった。だが、それと同時に、アレキサンダーを連れていっていればよかった、という後悔も脳裏に浮かんでいた。

アレキサンダーを連れていっていれば、あの時近くに隠れていたはずの博士の息子を一番最初に見つけ出すことができただろう。そうすれば夫人があんなリンチを受ける必要も、車の中で自爆することもなく、同僚を死なせることもなかったのだと思うと複雑な気分だった。そして、二人をすんなりつかまえていれば、博士もじきに現れて、一件落着していたはずなのだ。だが、そんなＩＦ《イフ》は何の慰めにもならないということを、彼は『ハンドラー』として復帰するまでの長く苦しいリハビリの間に、嫌というほど思い知らされた。

リーリーリーという切れ目のない虫の声が頭の中にこだまする。

ひんやりとした夜の空気は濃密だった。

そう、あの時夫人は最初から彼等が来るのを待ち受けていたのだ。

あの小さな黒いハンドバッグに、コンパクトの代わりに手榴弾を詰めて。夫人は助かるつもりなど毛頭なかった。息子さえ逃がす時間を稼げるならば、男たちと一緒に地獄に行くことも辞さなかったのだ。

男は無意識のうちに左足をさすっていた。五ミリだけ靴底が厚くしてある左足。

男は冷静に、しかし心のどこかに不吉なものの兆しを感じながら考える。

今の状況はあの時に似てはいないだろうか？


初めてアレキサンダーに会った時のことは今でもよく覚えている。

もともと人間の医者を志し、その研究の途中で動物の身体に興味を持ったために獣医にシフトし、更に動物の扱い自体に興味を覚えて『ハンドラー』に、と横滑りを繰り返してきた彼が、犬に対する特殊訓練を施すようになって五年目に任されたのが彼だった。

動物の前で自分を繕っても仕方がないことを『ハンドラー』はよく知っていた。

『ハンドラー』は静かにアレキサンダーに近付き、挨拶をした。

が、内心驚きは押さえ切れなかった。

まだほんの子犬だったが、そのあまりの成熟に驚嘆したのである。

アレキサンダーは、まだろくに躾《しつけ》も受けていない癖に、実に優雅で老獪《ろうかい》だった。『ハンドラー』のもとに連れてきた、伊勢崎博士の下で働く科学者たちが馬鹿に見えるほど、アレキサンダーは落ち着いていた。

何かが違っていた。明らかに彼は普通の犬ではなかった。

『ハンドラー』は平静を装いながらも、彼に魅了され圧倒されていた。

アレキサンダーは黒い瞳でじっと彼を見ていた。『ハンドラー』は、自分が値踏みされているような落ち着かない気分になった。

動物を相手にしていると、真実は彼等の中にあり、自分たちはいつも真実の外側にいてうろうろさせられているようなもどかしさや疎外感を覚える時がある。

アレキサンダーは、まさに真実そのものだった。彼の目には叡智《えいち》があり、既に神々《こうごう》しささえ宿っているように思えた。

『ハンドラー』は彼に夢中になった。細心の注意を払い、持てる技術を駆使して彼の能力を引き出すことに全力を尽くした。

アレキサンダーの驚嘆すべき能力は、彼が成長していくにつれ『ハンドラー』に畏怖《いふ》すら感じさせた。

時々彼はふと奇妙な不安を覚えることがあった。

むしろ訓練を受けているのは自分の方であって、アレキサンダーの方が彼を選んだのではないか。最初に会った日に、アレキサンダーは自分が彼のパートナーとしてふさわしいかどうか、彼の役に立つかどうかを判断し、それで自分を選んだのではないか、と。

ともあれ、アレキサンダーが自分を選んだことに誇りを覚えこそすれ、何の不満もなかった。『ハンドラー』とアレキサンダーは、コンビとしての結束を固め、次々と特殊任務をこなすようになった。


五日前。

男たちは規則正しく交替で見張りを続け、交替で眠る。

高原だろうと、町中だろうとやることは変わらない。今回の場合、周囲の環境から浮かないよう、少しばかり服装が違うだけだ。

博士の家はしんと静まり返り、全く動きがない。いったいあの中で二人は何をしているのだろうか。博士はともかく、遊びたい盛りの息子がよく我慢して閉じこもっているものだ。こんなに心地好い自然に満ちた場所ならば、さぞ出歩きたがるだろうに。

伊勢崎遥《よう》に関するデータはほとんどない。姿を消した時は、ただの二歳の赤ん坊だった。父との逃亡生活をどのように送ったのかは分からないが、母を亡くし、隠遁《いんとん》生活を強いられたことから、二人の歳月は濃密なものだったに違いない。伊勢崎教授自ら教育を行っている可能性を考えると、彼も博士の素質を受け継いだ天才児であるかもしれない。

ケンが町に買い出しに出かけた。あと何日ここに滞在することになるか分からないが、一週間を超えることはないだろう。プロフェッサーたちは周囲の家々の盗聴を続け、博士の家の隣の別荘からいつ人が引き上げるのかを知ろうとしていた。証拠を残さないために、近隣が空になった日に決行するつもりだが、もしそれ以前に博士が動き出すようであれば、絶対にその機会を逃すわけにはいかない。この機会を逃したら、再び博士にまみえる機会はないと男は直感で悟っていた。これが唯一のチャンスだと。しかも、これが日本での『事件』となることは絶対に避けなければならなかった。博士は夏休みに帰省し、そしてまたどこかへ行ったのでなければならない。

男は杖を持ち、散歩に出た。澄んだ空気がつかのまの解放感を味わわせてくれるが、頭の中は博士のことでいっぱいだった。

柔らかな木洩れ日。静謐《せいひつ》な時間。ゆったりとアレキサンダーを連れて歩く男は、夏の終わりの避暑地ののどかな風景の一部にしか見えないだろう。

道の向こうから、ポニーテールの少女が歩いてくる。この間会った少女だ。

今日も、手に籠を持っている。

男の目はその籠に引き寄せられる。彼の散歩の目当ては彼女だった。

少女は男に気が付くと、嬉しそうに笑った。そのはにかんで上気した頬を見て、自分が彼女に嫌われていないことを確信する。もっとも、彼のことを嫌う女性はめったにいないことを、彼はこれまでの経験からよく知っていた。自惚《うぬぼ》れるつもりはないが、仕事で役立つことも多いのでその美点を享受させてもらっている。

「おはよう」

男は自分から鷹揚《おうよう》に声を掛けた。

「おはようございます。おはよう、アレキサンダー」

アレキサンダーは嬉しそうに尻尾を振る。彼の方でもこの少女を覚えていたようだ。

「名前、覚えていてくれたんだね」

「こんな立派な名前、忘れないわ」

少女はかがみ込んでアレキサンダーの頭を撫でる。

男はそっとアレキサンダーに合図した。

うぉん、というびっくりするような声を上げ、アレキサンダーは前足を上げ少女にじゃれかかる。

「あっ、駄目よ、アレキサンダー」

少女は慌てた声になり、籠が斜めになった。ナフキンが落ち、中身がバラバラと地面に落ちる。菓子パン、紙パックの牛乳、冷凍食品の袋。

「アレキサンダー！　およし！」

男も慌てた声を装い、犬を叱る振りをする。アレキサンダーは神妙な声を出し、くるくるとその場所を回り、男の後方に下がった。

「ごめんよ、よほど君のことが気に入ったみたいだ」

男は落ちたものを拾い集めるのを手伝いながら、さりげなく籠の中身に目を走らせた。今日は手紙はない。手紙があれば是非とも差出人を見たかったところだ。この間エアメールが覗いていたところを見ると、博士のシンパは世界中にいるようだ。

が、男は野菜サラダの入ったタッパーのそばに別のものを見つけた。薬を入れる白い袋である。

「誰か、病人でもいるの？」

男は自然な関心を装い、薬に視線を向けてみせた。

「さあ。痛み止めだって聞いたけど」

少女は首をかしげる。

「痛み止め？」

「あのね、足の悪い男の子がいるの。おじさんよりもずっとひどいの。車椅子に乗ってるもの」

少女は無邪気に呟き、小さくお礼を言うと籠を持って立ち上がった。

「そうか。まだ小さいのに大変だね」

「うん。お父さんがつきっきりで世話してあげてる」

「じゃあ、またね」

「またね。お仕事はどう？」

「まあまあだね」

男が肩をすくめると少女は小さな笑みを返し、背中を向けて歩いていった。


伊勢崎遥は車椅子に乗っている。

それで幾つかの疑問は解けた。

足が不自由ならば、外を出歩くことがないのも頷ける。ハイカーにはともかく、この坂道を車椅子で移動するのはきついだろう。

恐らく、夫人が自爆した時に、彼も爆発に巻き込まれたに違いない。彼を逃がそうとして捨て身で臨んだ母親だが、彼も無傷では済まなかったのだ。そう思うと、男は遥に奇妙な親近感を覚えた。

あの時キラキラと輝いていた夫人の瞳を思い出す。あの勝ち誇った瞳。何者をも恐れない瞳。

「どうだ、博士のご近所は？　引き上げてくれそうか？」

男は窓べの壁に寄り掛かり、外を見ながらプロフェッサーに尋ねた。

ヘッドホンを外したプロフェッサーは小さく頷く。

「うむ。隣の赤い屋根は明日帰る。反対側の丸太小屋は二十六日」

「教授はいつまでいるつもりなんだろうな」

「天才の考えることは分からんよ」

プロフェッサーとタンクがぼやくのをケンはおとなしく聞いていた。若い彼は博士に会ったことがないし、この間のアーミーナイフが効いているらしい。

「車椅子を運ぶとなると、トラックが必要だな。車椅子を残していったんじゃ、さすがにヘンだと思われる。東京への連絡を頼むぜ。どこか人目に付きにくい場所でトラックに待機といて貰わなきゃならん。夜中に車椅子をエッチラオッチラ運んでたら目立つ」

「ちぇっ。余計な手間を増やしてくれるぜ」

「逆に、息子さえ押さえてしまえば博士は逃げないさ。息子は一人では動けないんだからな」

男は静かに呟き、既に見慣れてしまい愛着すら覚え始めている博士の別荘に目をやった。

地球上で一番繁栄している生物は昆虫類だと言われている。

未だに何種類存在するのか正確に把握されてはいないが、多種多様な方向に発展しており、数の上でも種類の上でも現在最も成功している生物というわけだ。

人間は昆虫類をさまざまな形で利用してきた。蜂に蜜を集めさせたり、虫媒花《ちゆうばいか》の果実の栽培に使ったり、養蚕、工芸、蛋白源《たんぱくげん》などつきあいは古い。

続いて古いつきあいなのは、家畜としての牛、羊、豚などだが、道具として使われてきたものでは馬と犬が筆頭に上げられるだろう。馬は移動の道具として繁栄したし、犬は牧畜や狩りのお供として人間と一緒に発展を続けてきた。

犬の軍事利用の歴史は古く、橇《そり》を引かせるなど運搬に使われたのはもちろん、何よりも彼等が重宝されたのは見張りと追跡だった。敵の侵入を見張り、逃亡する敵の痕跡を追う。時代によっては身体に爆弾をくくり付けられ、カミカゼまがいのことまでさせられた犬もいたが、最も感謝されたのは、戦地での生存者の発見である。アルプスの救助犬や災害救助犬は広く知られているが、山間部などの戦争で、地理的条件の悪い場所で動けなくなっている負傷者を探し出し、その場所に味方を導くのはかなり効率の良いやり方だった。多数の負傷者を探し出した犬が将軍から表彰され、引退後も大事に扱われ余生を過ごすということまで少なからずあった。優れた嗅覚《きゆうかく》が今も麻薬犬や警察犬として利用されていることは言うまでもない。

動物兵器というと今では荒唐無稽《こうとうむけい》に聞こえるが、兵器とまではいかなくとも彼等はまだまだ利用価値がある。生まれながらに人間よりも格段に優れた能力を持つものは幾らでもいる。

タカの視覚、犬の嗅覚、イルカの聴覚、豹の運動能力、渡り鳥の方向感覚。それらをうまく『栽培』し、グレードアップさせられればどうだろう？　使いやすくコントロールできるようになったら便利なのではないか？　その能力を数値化し、ソフト化するということは不可能だろうか？　ラットや豚を使い人間の臓器やパーツを『栽培』することは既に実用化が射程内に入っている。彼等の能力も『栽培』し人間にフィードバックすることが可能なのでは？

伊勢崎博士の研究は、非常に大ざっぱに言って、そういう考えから始まったものだった。その第一段階として、薬物と遺伝子操作を組み合わせて、特殊な能力において頭抜けた能力を持つ生物を作る。その研究過程で生まれたのがアレキサンダーなのだ。彼の嗅覚は訓練を受けた警察犬よりも更に数倍も強い。

ふと、闇の中でアレキサンダーがピンと耳を立てるのが分かった。

男はハッとし、身構える。

濃厚な夜の空気がふうっと動き、誰かが忍び寄る気配を感じた。

「俺だ」

低くせっぱつまった声が聞こえてきて、男は少しだけ警戒を解いた。プロフェッサーが身体を低めて近寄ってくる。

「どうした？　もうすぐ突入だぞ」

叱責《しっせき》するような声を出すと、プロフェッサーは乾いた声で答えた。

「ケンがやられた」

「なに？」

男は耳を疑った。

「やられたとは？」

「ここでやられた。ほんの十分くらいの間に、延髄《えんずい》を一突きだ」

「なんだと？」

闇が重くなった。背中を冷たいものが走る。

ここに？　この林の中に誰かが潜んでいるというのか？

「タンクは？」

「まだ知らせてない。見つけてそのままここに来た」

男は何も言わずにアレキサンダーを呼び、林の中を移動し始めた。

「無駄だと思うがな」

プロフェッサーはアレキサンダーを見て諦観《ていかん》めいた表情になる。

その表情の理由は、クマザサの茂みにうつぶせに倒れているケンの姿が見えてきた瞬間に分かった。

「なんだ、この匂いは」

ツンと鼻を突く、甘ったるいような、拒絶するような激しい匂い。

アレキサンダーが尻込みするのが分かった。男は舌打ちする。

ケンを殺した奴は、芳香剤をたんまり撒《ま》いていったのだ。アレキサンダーに追跡されないように。

凄まじい嗅覚を持つだけに、アレキサンダーの鼻は刺激臭に弱い。一時的にしろ、鼻がきかなくなってしまう。

男はアレキサンダーに、この場所を離れ風上に回るよう指示した。アレキサンダーの発達した嗅覚は脳にも影響を与えているのか、普通の犬よりもかなり正確に人間の言葉を解する。いや、こうして何年も一緒に過ごしていると、彼は人間の言葉を喋れないだけで、人間の話す内容をほぼ完璧に理解しているのではないかと思う時もある。

男は無言で足元を見下ろした。

ケンはもの言わぬ物体と化していた。ごろりと転がった姿は無造作で、格闘のあとはない。まだ生前のしぐさが残っていて、酔い潰れて寝転がっているみたいに見える。見事に一突きで首の後ろを刺されていた。ろくに血も流れていない。完全に不意を突かれたものと見える。

ようやく事の重大さが身に染みてきた。誰かがいる。この狭い闇の中に、自分たち以外に誰かが潜んでいるのだ。それなりの経験のある自分たちの裏をかくことができる誰かが。

伊勢崎博士？

男はその名前を口の中で無意識のうちに呟いた。


四日前。

男はかすかな焦りを感じながら散歩をしていた。

博士は全く電話を使わないのである。携帯電話か家庭用回線を使えば、全てこちらの耳に内容が入る手筈は整っているのだが、博士は全く電話を使わなかった。

時折窓の向こうに小さな頭が動くのが見える。すうっと滑るように平行移動するのは車椅子だからだろう。博士はめったに窓に近寄らなかった。

彼等はいつまでここにいるつもりだろう？　まるで籠城《ろうじょう》生活のようではないか。

今は二人きりだからいいが、もしも誰かが訪ねて来たりしたら話はややこしくなる。

なんとか二人だけのところに踏み込みたいが、まだ近所の別荘には人がいる。博士の別荘は比較的両隣の別荘と近いので、夜中に踏み込んだ時に誰かに気付かれない可能性は低かった。今朝一組の家族が帰っていったが、もう一組は明日まで待たねばならない。

見張りのメンバーにも焦燥が漂い始めていた。博士の動きが全くつかめない上に、早く決行日を決め、トラックや飛行機を手配しなければならない。日本の官憲はもちろん、民間人にこの出来事はこれっぽっちも知られたくなかった。

男は杖を地面に差し込むように乱暴に押し付けながら、ゆっくりと林の中の道を歩いていく。アレキサンダーはすっかりこの場所に馴染んだのか、先に立って軽やかに進む。

と、彼は立ち止まり、林の中に向かってワンと吠えた。

見ると、管理人宅の前で、一人の老女が静かに庭先の茄子《なす》をもいでいる。

少女の姿は今日は見えなかった。

老女はついと顔を上げて、こちらに目を向けた。長袖の灰色のセーターを着て、長い黒のスカートをはいている。猫背で、痩せて落ち窪んだ目。顔色も悪く、体調はよくないようだった。なるほど、これではお使いを孫娘に頼まざるを得まい。

男が頭を下げると、老女は小さく会釈を返した。

彼女と話すきっかけをつかむために、そっとアレキサンダーを老女のところまで登らせる。彼はするすると斜面を登り、老女に愛想よく尻尾を振った。ここに来てから、彼はやけに機嫌がいい。普段女性と接する機会がないからかもしれない。

「ハルがお話ししていた方ですね?」

老女は口元を手で隠しながら弱々しい声で呟いた。彼女は男のことを孫から聞いているようだった。犬を連れ、杖を突いている比較的若い男などそうはいないだろうから目星を付けるのは簡単だったろう。

「ええ。何度かお会いしました。利発そうなお嬢さんで」

「いえいえ。口ばかり達者で」

「今日はお出かけですか？」

「はい。主人と一緒に、町に」

「そうですか。ハルちゃんっていうんですか。宜しくお伝えください」

そう言って周囲の景色を見回しながら、男は博士の情報を得る手立てを頭の中でめまぐるしく考えた。

管理人宅は、近寄ってみると、実に質素な平屋建てだった。今にも壊れそうだと言ってもいい。後ろは急な崖になっていて、びっしりと濃い色の蔦が覆っている。

老女はゆっくりとまた茄子をもぎ始めた。動きはゆっくりだが、腕の筋は結構たくましい。

「だんだん皆さんが引き上げていって淋しくなりますね」

男はのんびりとした口調で言った。

「そうですねえ。この時期は一番淋しいですね。本当に、櫛《くし》の歯が欠けるようにぽろぽろとお帰りになりますからね」

老女は何度も小さく頷く。

「なんでも、お仕事だそうで。忙しい方はどこに行っても忙しいんですね」

彼女はかすかな興味をのぞかせた。男は苦笑して見せる。

「貧乏暇無しって奴ですよ。僕も、相手のスケジュールに引っ張り回されてるだけでね。ただ場所が変わっただけでやってることはいつもと同じですね」

老女が自分への興味をのぞかせたことで、男はもう一歩踏み込んだ話題を口にする勇気を得た。

「うちから見える、あの二つの破風《はふ》の付いた家がありますよね。ほら、あの丘の上にある」

男は博士の家の方を指差した。なるべく自然な好奇心を装う。

「ああ、伊勢崎先生の」

老女は遠くに目をやり、かすかに頷いた。

「ずっと家に居られるようだし、じっと閉じこもってる方もいるんだなあと」

「ええ。普段はなかなか一緒に過ごせないので、息子さんと静かに過ごしたいとおっしゃられて。随分久しぶりにお戻りでしたんで、びっくりしましたよ。私たちが前以《も》ってお掃除をする暇もなかったくらいで」

お掃除。その言葉が頭の中に引っ掛かった。

老女は丸い籠の中に茄子を放り込みながら独り言のように言った。

「でも、もうお帰りになるそうで。また遠くにいらっしゃるようですよ。世界を駆け回っていらっしゃるというから」

男は耳をそばだてた。

「え？　帰られるんですか？　そうですか、あの家の明かりが点《とも》ってるのが見えなくなるのは淋しいなあ。いつ?」

はやる気持ちを抑え、あくまでも自然な好奇心を演じる。

答えろ。はっきりと日時を答えろ。おまえは管理人なんだから聞いているはずだ。

男は心の中で呪文《じゅもん》のようにそう唱えた。

「はあ、二十九日の朝とおっしゃってましたね。その日が奥様の命日なんで、途中墓参りをしてお帰りになるとか」

老女はあっけないくらいあっさりと、男の望む答を返してよこした。


奥様の命日。

なるほど、言われてみればあれも暑い夏の終わりが近付いた頃だった。

夫人が着ていた青い半袖のワンピース。その胸元に零れた血。腫れ上がった顔。一瞬の微笑み。「ママ!」という甲高い叫びが彼女の顔に重なって浮かんでくる。

既に後悔も反省もない。八年もの時間。ただそこには積み重ねた歳月があるだけだ。

夫人の実家は長野だったのだ。だから、彼はここに戻ってきたのだ。

また一つ疑問が解けて、男は少しずつ任務遂行への確信が芽生えてくるのを感じていた。

「決行は二十九日未明」

男は淡々と計画を説明した。他の三人の顔からも焦燥が消え、落ち着きのようなものが浮かんでいる。それからの四人は素早くビジネスライクに動き回った。車を手配し、そのまま博士たちを乗せて本国へ帰れる飛行機を手配し、突入の準備をする。それは男たちにとってのルーティンワークであり、たちまち準備は整っていった。


予期せぬ事態に、二人の男は闇の中でじっと荒い呼吸を繰り返していた。

「どうする？　いったん撤退するか？」

プロフェッサーが努めて平静を装いながら尋ねる。

「いや。駄目だ。この機会を逃せば博士は二度とつかまえられないだろう。少なくとも、また数年は現れまい」

男は即座に否定した。恐怖と混乱が消え、むらむらと闘争心が湧いてくる。

「絶対に今夜拉致《らち》するんだ。三人いればじゅうぶんだ」

「しかし、ケンは」

「あとで回収する。全てが済むまでこのままにしておく」

男の有無を言わせぬ口調に、プロフェッサーは小さく頷いただけでもう何も言わなかった。

「アレキサンダーとここで待て。アレキサンダーがいれば、不意に襲われることはないだろう。俺はタンクに注意をしてくる」

男はそう言い置いて闇の中で移動を始める。全身を目にし耳にして、他者の存在が闇の中にないか確かめながら。

三日前。

男は杖を突いて散歩に出かけた。今日は確固たる目的があるので、こころなしか歩くスピードも速い。いつもより早い時間に出たのはわけがある。

今日はアレキサンダーを置いてきた。犬の姿を見られれば、近くに自分がいたことがバレてしまう。

男は周囲を見回し、近くに誰もいないことを確かめると、スッと林の中に入っていった。木陰や草むらに身を隠すようにして、ひょいひょいと機敏な動きで斜面を登っていく。

大きく回り込むようにしていくと、すぐ近くに管理人の家が見えた。

「おばあちゃん、行ってきます」

ハルの澄んだ声が響き、男は低い木の茂みの後ろに頭をひっ込めた。

ポニーテールの少女が籠を持って元気よく飛び出していくのが見える。

見送りながら老女が出てきて、庭仕事をするのか、籠を持ってゆっくりと斜面を降りていく。

むろん、鍵など掛ける様子はない。玄関の引き戸は開かれたままだ。

老女がじゅうぶん遠ざかるのを待って、男はスルリと家の中に忍び込んだ。

ごちゃごちゃした暗い屋内に目が慣れるのを待って、男は電話と台所を探した。

まず電話のそばだろうと予想してはいたが、あまりにあっけなくそれは見つかった。

プッシュホンの脇の壁に、灰色のキーボックスが取り付けられていた。

お掃除をする、という言葉にピンと来た彼は、管理人夫婦が別荘の合鍵を預かっていることを確信したのである。

鍵が掛かっていませんように。

そう祈って扉に手を掛けると、それはギッと音を立てて開くのを拒んだ。

チッ。鍵が掛かっていたか。

が、腹立ち紛れに力を込めて引っ張ると、がくんという手応えがあって扉が開いたので拍子抜けした。単に開きにくくなっていただけだったのだ。

中には古いキーホルダーの付いた鍵が何本もぶら提げられていた。

素早くキーホルダーに付けられた名前を見ていく。

伊勢崎。

一番隅っこの赤いキーホルダーにそっけなくその名前は書かれていた。

男は素早くそのキーホルダーに付いた鍵を外し、ポケットに入れてきたどうでもいい鍵を付け、再びキーボックスの中に戻した。あの様子では、この管理人が博士の別荘の鍵を使うことはあるまいと見込んでのことだった。

男は鍵をポケットに忍ばせ、来た時のようにスルリと外に抜け出て、林の中を静かに駆け降りていった。


闇の中を、男は慎重に移動してゆく。

頭の中に熱いものが煮えたぎっている。

男は自分が興奮していることに気付いていた。適度の興奮はよいが、過度の興奮は判断を誤らせる。

男は自分を客観的に見ようと試みた。どうだ？　俺は冷静さを欠いているか？

草を踏む規則正しい音が夜の底を動いていく。

まだ手足は正確に動いている。俺はまだ大丈夫だ。

博士の別荘を斜面の下から四人で離れて取り囲むようにして登っていくことになっていた。

そろそろタンクの待機する場所である。

そう考えた瞬間、鋭い刺激臭が鼻を突くのに気付いた。

全身がビクリと強張《こわば》る。

この匂いは。

それは記憶にある匂いだった。ほんの数分前、うつぶせに倒れていたケンの周りに振り撒かれていた匂い。

「タンク」

男は思わず低く叫んでいた。

紫陽花《あじさい》の株の向こうに、誰かが座っているのが目に入った。

「タンクか？」

その人物は動かない。

男は消音器を付けた銃を構え、じっと大きく紫陽花の株を回り込んだ。

タンクは驚いたような顔をして座っていた。

辺りには鼻が曲がりそうな強い芳香が漂っている。

タンクは寛いだ体育座りをして、両手で膝を抱えている。

男はそっと手を伸ばし、名前の由来となった装甲車にも似たがっちりとした身体に触れた。

次の瞬間、その身体はグラリと傾き、地面に音もなく転がった。

その首筋にはナイフが深々と突き刺さっていた。ケンと全く同じ。ほとんど血が流れ出していない、ためらいのかけらもない一撃。

男は、自分の呼吸が荒くなっていることに気付いた。

ゆっくりと辺りを見回す。

タンクの開かれたままの目を見ながら、闇の中に問い掛ける。

どこだ？　どこにいるんだ？　今も俺のことを闇の奥から見ているのか？

スースーという自分の呼吸を頭で聞きながら、男はじっと闇の中の気配を窺う。

そこには無数の存在がいるようでもあり、全くの虚無であるような気もした。

博士？　あなたはどこにいるんです？

男は闇に呼び掛け続ける。


そして、昨日の朝。

準備は万端整った。彼等はすっきりした気持ちで、夜にそなえてゆっくりと休息を取っている。

男も晴れ晴れした気分でアレキサンダーを連れて散歩に出た。

道の途中で少女が道草をしている。足元にはあの籠が置かれていた。

「何してるの？」

男は穏やかに声を掛けた。

「もう帰っちゃったかと思ったわ」

少女はすねた顔で男を振り返った。

「ここ数日会えなかったものね。ごめんごめん、仕事が忙しかったんだよ」

「大人ってみんなそうね。仕事が仕事がって」

「手伝うよ」

少女は少し機嫌を直したようだった。どうやら、ここで彼が現れるのを待っていたらしい。

少女らしい企みが微笑ましかった。

「オシロイバナの種を集めてるの」

「ああ、ほんとだ。みんなもう種ができてるね」

赤や黄色の花びらはみんな細くしぼみ、中心に黒い種が点々と付いていた。

その辺りは皆オシロイバナの群落で、かなりの数がある。

「あなたは黄色いオシロイバナの種を取ってね。あたしは赤い方を取るから」

少女は大真面目な顔で男に指示を出す。

「ＯＫ」

アレキサンダーは後ろで尻尾を振っておとなしく座っている。

手を伸ばして種を摘み、男はその黒い塊《かたまり》を掌《てのひら》に載せてみた。

その造型は無駄がなく美しい。

「提灯《ちょうちん》に似てるな。懐かしい。何年ぶりだろう、オシロイバナの種を摘むなんて」

男は独り言を言った。

「さぼっちゃだめよ」

少女は大人びた口振りで注意する。

「はいはい」

男は肩をすくめ、掌の上の種を指で潰してみた。中からしっとりとした白い粉が溢《あふ》れ出る。そう、これがオシロイバナだ。すっかりこんなものの存在を忘れていた。

「どのくらい集めればいいのかな」

「できるだけたくさんよ。うちで白粉《おしろい》を作るんだから」

少女は当然というような口調でいいはった。

「よし」

二人は他愛のないお喋りをしながら種を摘んでいった。

見る見るうちに、少女が地面の上に広げたハンカチの上に黒い種が集まっていく。

「すごいすごい、こんなにたくさん」

少女は溜まっていく種を見ながらはしゃいだ声を上げた。

男は無心に種を集めた。

いったん集め始めると、やめられなくなった。あそこにもある、ここにもある、と目に入る黒い粒だけしか頭になかった。

子供の頃、公園の木陰で、草に埋もれたどんぐりを、日が暮れるまで夢中になって拾い集めたことを身体のどこかで思い出していた。

時間が止まっているような気がした。

木洩れ日が二人とオシロイバナの上に注ぎ、後ろでは退屈したアレキサンダーが尻尾を振っている。

男は掌に溜まった種を、少女の掌の上にそっと落とした。

「すぐに、本当の白粉を塗る日が来るよ」

男は種の入ったハンカチを結んでいる少女に話しかけた。

「そうかしら」

その声がひどく冷めていたのにハッとさせられたが、少女は次の瞬間顔を上げて屈託のない笑顔を男に向けた。

「どうもありがとう。楽しかったわ」

「こちらこそ」

少女と男は互いに手を振り、二つに分かれる道をそれぞれ辿った。


昨夜の日没と共に準備は始まった。

周囲は静寂に沈んでいたが、家の中で彼等は精力的に動き回っていた。

まず、家の中を片付けなければならなかった。彼等は完璧に、入る前の状態に復元した。使いかけのトイレットペーパーの量や、玄関の隅に溜まっていた枯れ葉の状態まで、それは細部に至るまで徹底したものだった。

全て最初に家に入る時にデジタルカメラに収めておいたので、作業は着々と進んだ。使った機材は運び出しやすいように玄関のすぐそばに梱包し、あとでトラックが来た時に即座に積み込む。

家の主は、誰かがここで数日間暮らしたとは夢にも思わないだろう。

そして、彼等は黙々と自分たちの装備を済ませた。防弾チョッキ、ニットのマスク、ブーツに雨よけ。

天気予報は晴れだったが、夜露に濡れることは覚悟しなければならない。

全ての準備が終わり、誰からともなく彼等は頷き合った。

彼等は無言のまま闇の中に散ってゆき、それぞれの持ち場に付いた。

長い夜の始まりだった。


呼吸の音と心臓の音がいつのまにか重なり合っている。

落ち着け。落ち着くんだ。自分を信じろ。自分の感覚を信じろ。これまで生き抜いてきたおのれの勘だけを信じるんだ。

男は深呼吸をし、精神統一をした。今のところそれは成功しているようで、男は目を閉じて冷静に周囲の気配を探った。

誰もいない。ここには誰もいない。

男は目を見開き、この先どうするかつかのま考えた。

なんという手練《てだれ》だろう。敵の技術は素直に受け入れなければなるまい。離れるのは危険だ。こうなったら、プロフェッサーとアレキサンダーとで固まって正面突破するしかない。こちらには銃器も豊富にあるし、幾ら博士が有能な兵士であるとしても、足の不自由な子供を抱えていることは間違いない。

男はもう一度深呼吸をして再び闇の中を歩き出した。

が、すぐにそれは不安に変わった。

静かだ。静かすぎる。

プロフェッサーとアレキサンダーの姿はどんなに歩き回っても見つからなかった。

たいした広さの斜面ではない。

いったいどこに行ったんだ？

男は膨れ上がる不安と戦いながら辛抱強く探し回ったが、全く気配がない。

プロフェッサーはともかく、アレキサンダーが見つからないのは解《げ》せない。彼が低く呼べば、かなり離れたところにいても彼は一目散に駆けてくるはず。誰かに危害を加えられたら、それこそ激しい抵抗をするはずだ。

彼の敏捷さや運動能力は訓練を受けた人間をも凌駕《りょうが》する。『ハンドラー』でさえ、彼に勝てるとは思わない。銃を向けた瞬間には、彼に喉笛《のどぶえ》を嚙み切られていることを覚悟しなければならない。そのアレキサンダーが姿を消しているというのはどういうことだろう？　何か薬でも使われたか？

駆け出したくなるのをじっとこらえる。

突入か、出直しか。

男はじりじりとしながら考えた。状況からいって、出直すのが筋と言えた。仲間のうち二人を失い、残りのメンバーも行方不明。しかも、家の中に立てこもる人間を一人で攻めることなど不可能だ。

結論は出ていたが、それでも男は動けなかった。

突入したい。

男の心はそう叫んでいた。いや、それは見せかけの理由でしかなかった。

博士に会いたい。どうしても彼に対面したい。会って彼の声が聞きたい。そして、遥に会いたい。あの時炎を挟んで同じ場所にいた彼、同じように足を怪我した彼に会い、あの瞬間のことを語り合いたいのだ。

頭の中に、がんがんとそう望む声が高く響いてきた。

会いたい。俺はどうしても二人に会わねばならぬ。

こんなにも激しい感情が込み上げてきたのは生まれて初めてだった。

会いたい。そのあとでどうなっても構いはしない。ここで彼等を逃すということは、厳しい懲罰が待ち受けていることを意味している。次に挽回するチャンスがあるとは到底思えない。

男はそろりと動き出した。

銃を構え、用心深く、斜面の上の博士の家目指して。

博士の家の明かりは消えていた。

男は玄関の近くでホッと一息ついた。ポケットの中の、管理人の家から盗んでおいた鍵をまさぐる。冷たい鍵の感触が、何よりも彼を落ち着かせた。

よし。これで闇はかえって好都合だ。

男はじっと精神を統一してもう一度闇の中の気配を探った。

誰もいない。この家の周りには誰もいない。

男はそっと玄関に忍び寄り、腕を伸ばして鍵を差し込んだ。

鍵はぴたりと鍵穴に収まり、スムーズに回った。

ゆっくりと扉が開いてゆく。扉の向こうに重い闇が続いている。

男はその闇の中を覗き込み、そっと足を踏み入れる。

その瞬間、足の下にざらざらしたものの感触があり、ブーツの底が耳障りな音を立てて滑った。鈍く何かが弾ける音がする。

心臓が瞬時にして凍り付いた。
しまった！
次の瞬間、パッと家の奥で何かが光った。
男は思わず手をかざし、銃を構える。

「よく来たな、ハンドラー。久しぶりだな」

大きな声が家じゅうに響き渡り、男はあぜんとした。
博士の声。確かに、懐かしい博士の声だ。だが何かが違う。この違和感はなんだろう？
男は顔を上げた。
見ると、玄関の奥の部屋のテーブルに、大きなＴＶがどんと置いてあった。
その画面の中から、誰かが彼に向かって話しかけているのだ。
画面の粒子は荒れていた。わざとぶれさせているような感じだった。
博士？
男はまじまじと画面を見つめ、目を凝《こ》らした。
博士の面影はある。だが、なんだかおかしい。なぜこんな奇妙な感じを受けるんだ？

「どうした、八年ぶりなのに挨拶してくれないのか？　もとは同僚じゃないか。アレキサンダーはよくやってくれてるだろう？」

画面の中の顔が喋る。ゆったりとしたイントネーション。そうだ、この喋り方は確かに博士だ。どんなによいニュースも、どんなに悪いニュースも、いつもこんなふうに悠然とした口調で喋るので、対面していると自分が能無しになったようにいらいらさせられたものだ。だけど、この声は変だ。博士はこんなに甲高い声ではなかった。なぜこんなおかしな声なのだ？　まるで声帯をいじったかのような——。

「君のことを待ち兼ねていたよ。日本の『ＢＵＧ』はもう少し利口な奴に代えた方がいいな。この家は定期的に監視されてた筈なのに、私が戻ってきたことに気付くまで随分かかってイライラさせられたよ」

男はハッとした。
画面の中を穴があくほどじっくりと見つめる。
俺はこの顔を見たことがある。それも、ごく最近のことだ。ここに来てから。つい最近。

男はごくりと唾を飲み込み、あんぐりと口を開けた。

管理人だ。

画面の中から男を見つめているのは、彼が鍵を盗み出した管理人の老女だった。

そんな。そんな馬鹿な。

男の頭の中は混乱していた。

あれは確かに女だった。顔色が悪く、痩せていて、とても年取って見えた。

(博士はアメリカを出て性転換手術を受けた、女になった、だから八年も逃げおおせられた、誰にも見つからずに)

(ひどい猫背。痩せているのに腕は筋ばっていた。かがんで身長をごまかしていたのか?)

「おいおい、やっと気付いたかな? 日本に戻ってきた時は、久しぶりに『伊勢崎博士』の格好をしていたんだがね。『BUG』がようやく私に気付いて写真を撮ってくれたあとはいつもの格好に戻ったわけだ。今じゃすっかりこの姿に馴染んでしまったよ。動物はもともと皆メスで、そのあと苦労してオスになっていくというのがよく分かった。こんなふうに声も変わってしまったけど、それでも、君が私に話しかけてきた時は緊張して、声色を変えてしまったよ。病気やつれも幸いしたようだね。君は全く私に気付かなかった」

男の脳裏に、籠に入った薬の袋が蘇った。

(痛み止め。あれは博士が使う痛み止めなのだ。既に車椅子生活を何年も送っている遥が今更痛み止めなど使うはずがない。あのやつれた様子、博士はもう末期の癌なのに違いない。モルヒネ、キニーネ。別荘と管理人の家を行ったり来たりする間も、彼は薬を飲み続けていたのだ)

「どうだい、鍵は分かりやすいところに置いておいただろ? ちゃんと鍵穴と扉に油をさしておいたんだよ、君が入って来やすいように」

(扉は音もなくゆっくり開いた。まるで俺を待ち構えていたかのように)

「病気の進行が思ったよりも早くてね。この家の裏と管理人の家と行き来するのは結構しんどかったよ。情けないね。もっと体力があれば君たちと正面から対決したかったんだがな。さすがの君も、坂の上のこの別荘とあの管理人の家の裏の崖とが、蔦につかまって上り下りすれば十分足らずで行き来できるとは気付かなかったようだね。君たちが見張っていた家からは、この家の裏手は見えなかったからね。もし機会があれば裏庭を覗いてみるといい。勝手口の扉のすぐ先から管理人の家が見えるから」

(博士は管理人の家と別荘を行き来していた。一人二役。手しか見せなかったのは当然だ。姿を見せれば博士と管理人が同一人物であるとすぐにバレてしまうのだから)

「アレキサンダーは？　プロフェッサーはどこだ？」

男は無意識のうちに叫んでいた。

家の中に一歩踏み込むと、足の下で何かがまた鈍く弾けた。足元が滑って不愉快だ。

「おやおや、アレキサンダーは返してもらったよ。元はと言えば私が生み出したものだからね。彼もすぐに私たちを思い出してくれた。君もお気付きのように、すんなり私たちの元へ戻ってきてくれたよ」

ＴＶの中の博士はゆっくりと催眠術でもかけるような声で話し続けている。

博士はどこにいるのだろう。カメラはどこにあるんだろう？

男は闇の中できょろきょろした。

ふと、男は闇の中に何かの気配を感じた。

誰かがいる。近くにいる。

「ヨウくん？　そこにいるのはヨウくんかい？」

男は更に中に踏み込んだ。

徐々に目が慣れてくると、ＴＶの隣に何か重そうなものに座った誰かがいるのに気付いた。

車椅子だ。暗い部屋の車椅子に誰かが座っている。

「おやおや、そう気安くうちの子の名前を呼ばないでくれたまえ。君たちに母親を奪われた子だよ。目の前で自分の母親を奪われた子供がどんな衝撃を受けたか君たちに分かるかい？」

博士は少し苛立ちを滲ませて呟いた。

「おまけに、君はうちの子の名前を間違って呼んでいる。失礼じゃないか」

男は「えっ？」と小さく叫んでいた。

名前を間違えている？

パッと部屋の明かりがついた。

そのあまりの明るさに、男は一瞬視力を失った。

やがて目が慣れてくると、ＴＶの隣の車椅子に乗っている人物が目に入った。

そこに座っていたのは青白い顔をしたプロフェッサーだった。

既に絶命しているらしく、背もたれに寄り掛かった首にはナイフが覗いている。

彼は膝にあの見慣れた籠を抱えていた。青いナフキンがかかっている。


「ヨウくん？」


男はきょろきょろとほうけた顔で部屋の中を見回した。

ふと、男の視線が車椅子の近くで止まる。

そこには木の人形が放り出してあった。

小学生くらいの男の子の人形、ポロシャツを着て短パンを穿《は》いた、あどけない目鼻を描いた人形。

（人形？　なぜだ？）

男の頭は思考停止した。

ふと、彼は足元を見下ろし、自分の足元に散らばっているものに目を奪われた。

黒い種。

たくさんのオシロイバナの種が、床一面にばら撒いてあったのだ。


「あたしの名前はヨウじゃないわ。ハルカよ」


その時、テーブルの向こうから落ち着いた低い声が聞こえてきた。

聞いたことのある声。何度も聞いた声。

男はゆっくりと顔を上げた。

TVの向こうで気怠《けだる》げに一人の少女が立ち上がった。

伊勢崎博士の娘。

あどけない華奢な少女。屈託のない笑みを交わした少女。一緒にオシロイバナの種を摘んだ少女が。

（そうですか。ハルちゃんっていうんですか）

自分の声がどこからか聞こえてくる。

ずっと毎日顔を合わせていた少女。分かれ道で自分を待っていた少女。

「ね、オシロイバナは役に立ったでしょ？」

少女は身動《みじろ》ぎもせずにその場に立っていた。

その脇に影のように寄り添うアレキサンダーの姿がある。

「アレキサンダー！　戻ってこい！」

男は腹立たしげに叫んだ。

取られるわけにはいかない。こんな子供に。血の滲むようなリハビリをして、再び彼の毛並みに触れた時の喜びを失うわけにはいかないのだ。

アレキサンダーはこころなしか困ったような表情になり、弱々しく尻尾を振ってみせた。

ハルカはゆるゆると首を振る。

「駄目よ。彼は元々あたしたちのもの。あたしと彼は一緒に生まれた兄弟のようなものだもの。いくらあなたがいい『ハンドラー』だったとしても、あたしたちにはかなわない」

「アレキサンダー！　戻ってこい！　何年も一緒にやってきたじゃないか」

男は大声でアレキサンダーに向かって叫ぶ。

最初からアレキサンダーがあんなに二人に慣れていたのは、彼が二人を覚えていたからだったのだ。

そこにいるのは、彼の知っている少女ではなかった。

その乾いた目、その冷ややかな表情は彼にも馴染みのものだった。

幾多の死に接してきた目。自らもその死に荷担してきた目。自分の生死をぎりぎりのところに賭けたことのある瞳だ。

あのにこやかでおしゃまな少女はどこへ行ったのだろう？　両親は二人で始めたお店が忙しいから、自分は祖母のところでお使いをしているのだと言っていた少女は？

だが、その一方で、彼女の闇の中の行動が手に取るように目に浮かんだ。

小柄で、小枝のような娘だ。その華奢で体重の軽い身体は、頑健な男たちにも気配を感じさせない。闇の中で前方に注意を集中させ、身体を低くしている男の首すじは、少女が両手を使って自分の全体重をかけ、ナイフを沈めるのにもちょうどいい高さだ。

少女は妖精のように闇の中を歩き回り、男たちの首に止まる。男たちに永遠の眠りを与える。彼等が自分は二度と目覚めないということにも気付かぬほどあっという間《あいだ》に。

少女の動きには無駄がなく正確だ。その目は流れる血にも動じることはない。まだ彼女は女が流す血を流したこともない。

また、少女はアレキサンダーの能力も知り尽くしている。彼の鼻、彼の足、彼の歯が、どんなに敏感で鍛え抜かれた兵器であるかを承知しているのだ。

少女は年寄りのように用心深い。闇の中に自分の痕跡を残さない。アレキサンダーの鼻を潰す芳香剤を丁寧に撒き、そっと姿を消す。

そして、少女は自分がどんなふうに見えるかもよく知っている。『ハンドラー』が、自分の容姿が女性にどのような印象を与えるかよく分かっているように。彼女は自分の見掛けの姿に合わせた台詞を幾らでも喋ることができるのだ。

少女は哀れみにも似た静かな目でじっと男を見つめている。

窓が開いていた。風が吹き込んできて、窓にかかった白いカーテンを悪夢のように震わせている。

ふと、少女がやけに大きく見えた。

その無表情な大人びた目が巨大な目となって自分に襲いかかってくるような錯覚を覚える。

男は低く呟いた。

「畜生」

少女の目に、あのキラキラと輝いていた女の目が重なった。

「畜生、畜生」

男は少女に銃を向ける。

少女は相変わらず無表情で超然とその場に立っていた。

聖母のようだ、と混乱した頭の片隅で男は考えていた。まるで石膏のマリア像のよう。この世の人間とは思えない。たかだか十歳の子供なのに。

この敗北感。この絶望。この苛立ち。男は自分の感情を抑え切れなくなった。

「見るな。そんな目で俺を見るな。俺だって足を失ったんだ。足が短くなったんだ。歩けるようになるまで一年近くかかったんだ。どんなにつらかったか分かるか？　最初は、もう歩くのは無理だと言われていたんだ。つらかった。苦しかった」

男はよろよろと前に進んだ。

「眠る度に車のドアと一緒に吹き飛ばされる夢を見た。毎晩、ひしゃげた車のドアが足に突き刺さる感触を味わうんだ。一時は眠れなくて、薬の厄介になった。あやうく依存症になるところだった」

「お母さんは死んだ。血だらけの歯で手榴弾のピンを引き抜いて。あたしをあなたたちから守るために。あたしは外の庭の隅に隠れて、お母さんが殴られる音を聞いていた。お母さんの悲鳴を。お母さんが指を折られる音を」

少女は瞬《まばた》きもせずに男を見つめていた。

「あたしは見ていた。お母さんが車に運び込まれるところを。血まみれの顔を」

「よせ。消えろ。どこかに行っちまえ」

男は乱暴に部屋を歩き回り、天井や床をメチャメチャに撃ち始めた。

銃弾の弾ける音が壁や床を削り、撃ち抜く耳障りな音を立てる。

しかし、少女と犬はピクリとも動こうとしない。

「ハルカ、そろそろお別れを言おうじゃないか。彼も疲れているようだし」

それまで無言だったＴＶの中の博士が突然口を開いた。

男はハッと我に返ったように画面の中の博士を見る。

と、テーブルの脇に止まっていた車椅子がすうっと音もなく動き出し、男に向かって近付いてくる。

男の耳はジジジ、という気に障る音をどこかで拾っていた。

なんだろう、この音は。知っている音だ。

「ハンドラー、便利な時代になったものだねえ。今やこんなことも簡単に遠隔操作でできるようになったんだから」

男は、車椅子の上のプロフェッサーの膝に載せられた籠の上のナフキンがはらりと落ちるのをスローモーションのように見つめていた。

そこにはオレンジ色の筒の束がある——既に導火線の短くなりつつある、ダイナマイトの束が。

「さよなら、ハンドラー。あの世で会おう」

ＴＶの中の博士が小さく会釈した。

同時に少女が叫んだ。

「行くのは地獄よ。前はママが道連れだったけど、今度はあなた一人」


その瞬間、男は目の前に立っている少女の正体を悟った。

二歳、たったの二歳。だが、あの時既に彼女の耳は家の中の母親の声、車の中の母親の声を拾っていた。

博士は研究を次の段階に進めていた。数値化し、ソフト化した能力を娘の身体の中にフィードバックする段階。人間に動物並みの能力を持たせる段階。

男は目の前の少女に、初めてアレキサンダーに会った時と同じものを感じた。

この世のものならぬ真実。

我々の持ち得ぬ叡智。

そう感じた瞬間、畏怖とおぞましさが入り交じって全身を突き抜けた。

じゃあ、この少女は人間なのか、動物なのか？

どっちなんだ?

彼が答を見いだす前に、凄まじい轟音が起こり、彼は真っ白に溶ける意識の中で家を破壊する火柱の一部となっていた。


遠くからたくさんの消防車やパトカーが近付いてくるのが聞こえる。

粗末な家の外は昼間のように明るかった。

誰かが悲鳴を上げて道を走っていく。

慌ただしく乗用車が何台か通り過ぎていった。

ぱちぱちと豪勢な音を立てて別荘が燃えている音が聞こえる。

真っ暗な家の中で、少女はベッドに横たわった老女の側に座っていた。

少女の足元にはじっとアレキサンダーが座っている。

老女にはもはや生命の燃えかすすら残っていなかった。

少女の表情は見えない。

じっと掌を握りしめ、少女は横たわる老女の顔を見つめている。

「――ハルカ、行け。これでまた暫《しばら》くは時間が稼げる。だが、そんなにたくさんの時間はない。分かってるな？」

消え入りそうな声が漏れだしてくる老女の唇を、少女は瞬きもせずに見つめ、小さく頷いた。

「おまえの使命は分かっているな？　私はおまえに必要なものは全て教えた。これからはおまえ一人で戦わなければならない。だが、おまえはやりとげなければならない」

老女は既に意識の混濁が始まっているようだった。

少女はそのことに気付いていたけれども、小さくコクリと何度も頷いた。

「おまえにはアレキサンダーがいる。だが、最後にはアレキサンダーも使わなければならない。それは悪いことではない。そのためにアレキサンダーは生まれてきたのだ」

「――あたしは何のために？」

少女は独り言のように呟いたが、もうその声は老女の耳には届かなかった。

少女はハッとして老女の肩を揺さぶった。

老女は虚《うつ》ろな目をかすかに開き、ぼそぼそと何ごとかを口の中で呟いた。

「――焼き尽くせ――べて」

がくりとその頭が沈み込み、少女は全てが終わったことを悟った。

サイレンが近付いてくる音を聞きながら、少女は暫くの間そこに座っていた。

少女の表情は全く見えない。

が、突然すくっと立ち上がると、近くに積んであった新聞の束をベッドに近付けて並べた。

家の奥にためてあったらしく、次々とたくさんの束が運び込まれる。

そして、少女はマッチを擦った。

シュパッという明るい音と共に一瞬部屋の中が照らし出された。

ベッドの上に横たわる老女の亡骸《なきがら》も、穏やかな表情に浮かび上がる。

少女は棒立ちになり、その顔を見つめた。

そして、意を決したようにマッチを新聞の束に近付けた。

めらっ、と大きく揺れた炎はたちまち舐めるように新聞の束を大きな火の玉にした。

そしてそれはごうごうという力強い音を立て、部屋の壁を天井に向かって駆け登る。

少女はよろよろと家を出た。アレキサンダーは家の外で少女のことを待っていた。

炎はたちまち暴君となって粗末な木造家屋を夜空に飲み込んだ。

あかあかと燃え上がる松明《たいまつ》が、夏の終わりの空にそびえたつ。

少女は暫くその炎を見上げていた。

オレンジ色に照らされた顔には、何の表情も浮かんでいない。

ひたすらその炎を目に焼き付けようとでもするかのように、少女は空を見上げていたが、
やがて彼女は炎に背を向け、一匹の犬と共に夜明けの近付く闇の中へ静かに消えていった。

VOLUME 2　化縁《けえん》

来る。

一人の少女が、熱心に落ち葉を掃いている。落ち葉の中に何かを探すかのように、じっと地面を見つめている。規則正しい動きで少女は竹ぼうきを操る。ちょっと見たところはあどけない、華奢な身体なのに、その動作は力強い。

来る。もうすぐ奴等がやってくる。

少女は真剣な表情で落ち葉を見つめている。だが、よく観察してみれば、彼女が決して落ち葉を見ているのではないことに気付くだろう。

彼女は何かを聞いている。

じっと意識を集中させて、耳を澄ませているのだ。

小さな丘の上だ。丘を囲む雑木林の向こうには南房総の海が広がり、曇り空の下に青白い波が砕けて崖にぶつかる。雑木林の中には、聖心苑《せいしんえん》で飼っている牛や鶏が住む小屋や、小さな作業小屋があり、シスターたちが黙々と身体を動かしている。

子供たちはシスターの手伝いだ。水を運んだり、牛の世話をしたり、卵を集めたりする。ここの子供たちは無口な子が多いが、慣れてくると総じてよく働く。

広い苑内での、子供たちの持ち分は決まっている。決められた場所を、子供たちが責任を持って掃除することになっている。少女がここに来た時、少女と入れ替わりに苑を去った子供の持ち分だったのはこの小さな丘だった。二本のイチョウの木が立っていて、その根元に立つと、礼拝堂やシスターの住む寮が見える。

少女はこの場所が気に入った。丘の上には音が集まってくる。動物の世話をするシスターたちの声が、ここに立っているとよく聞こえるのだ。その係になっているシスターたちはまだ若く、お喋り好きだった。辛抱強く聞いていると、思わぬ情報が手に入ることがある。

そろそろくりすますぱーてぃのじゅんびをしなくちゃね
あれはいがいとてまがかかるからはやくはじめないと
ぼらんてぃあのひとたちにもれんらくして
くっきーをやくのがけっこうたいへんなのよ
ねえそういえばさっきえんちょうのところにいらしたかたはどなたかしら

少女はピクリと身体を強張らせ、竹ぼうきを動かす手を止めた。

今朝、苑の入口に大きな黒い車が止まっているのを見た。その車に乗って来た人たちのことを指すのだろう。

少女は訪問者に敏感だった。聖心苑は幾つかの企業から多額の寄付を受けているので、よく見学者がやってくる。ここは「成功している施設」なのだそうだ。近年、苑内で作る無添加の焼き菓子の評判が口コミで広がって、直接買い付けにやってくるお客も増えたという。世間と切り離された環境のようでいて、意外と人の出入りが多い。

ここにはそんなに長くいられないかもしれない。

シスターたちがお喋りしながら去っていく。結局、訪問者の正体は分からなかった。

少女は再び竹ぼうきを動かし始めた。

そろそろ落ち葉を集めて、堆肥《たいひ》を作るところに持っていかなければ。

ふと、少女は苑内が騒がしいことに気付いた。誰かがやってくる。

顔を上げて、遠くを見ると、ひょろりとした背の高い男がずかずかこちらに歩いてくるのが見えた。シスターと警備員が男を引き止めようとしているが、男は構わずにキョロキョロ辺りを見回し、バシャバシャ写真を撮っている。大きなコリー犬が二匹、男の足元でわんわん吠えている。

「いけません、誰の許可を貰って」

「いったいどこから入り込んだんだ」

「ふうん。結構広いんだな。あ」

男は丘の上の少女に目を留めると、パッと顔を輝かせ、少女の方に駆けてきた。

少女は思わず身を構える。

「君、ここの孤児院で暮らしてる子だね？」

男は馴々《なれなれ》しい笑顔を向け、追いかけてくる警備員の手を振り払い、少女に話しかけた。

「ちょっと話を聞かせて貰えないかな。最近、富永幸夫《とみながゆきお》くんという男の子がここに入っただろう？」


「ルポライターですってよ」

「なんて図々しい」

「でも、苑長先生の甥《おい》ごさんなんでしょ」

「滞在を許可したの？」

「さすがにカメラは取り上げたそうよ」

「子供たちに会う時間を決めて取材させるんですって？」

「そういう話よ。なんでそんなこと許したのかしら」

高橋シスターと小島シスターが憤慨した様子で話をしている。

少女は食堂で夕食の準備をしながら、廊下を歩いてくる二人の会話を聞いていた。

苑長先生の親族か。だが、ルポライターという仕事が気にかかる。苑内をバシャバシャ写していたあのカメラ。あたしが写っていたら？　写っていたとしても、隅っこに小さく見えるだけだろうが、用心するにこしたことはない。デジタルカメラではなかった。機会を見てフィルムを抜くことも考えなければ。

開け放してある扉の向こうに、二人のシスターの足音が近付く。

足音というのは面白いものだ。人はそれぞれ特徴のある足音を持っているが、少女は足音でその人の体調や精神状態まで細かく感じ取れた。

高橋シスターは、軽やかに歩く。涙もろくて正義感の強い性格そのままだ。彼女は今、とても怒っている。さっきのルポライターの傍若無人《ぼうじゃくぶじん》な振る舞いに腹を立てているのだ。それに比べて、小島シスターは静かに歩く人だ。几帳面《きちょうめん》で、真面目な彼女は今何かの悩みを抱えている。高橋シスターの口調に話を合わせているが、心は何か別のことに奪われている。

なんだろう？

「ああ、ルカちゃん。ありがとう、みんなの食器を出してくれたのね」

食堂に入ってきた高橋シスターは、それまでぷんぷんしていたのが打って変わって和やかな表情になった。

少女はにこっとあどけなく笑う。彼女が笑うと、高橋シスターはいつも目をうるうるさせる。この夏に父親を病気で亡くし、天涯孤独になってしまった少女の境遇を思い、悲しくなるのだろう。彼女はとてもいい人だ。いつも子供たちをぎゅっと暖かく抱き締めてくれる。その瞬間だけ、いつも心がひんやりしている少女も小さな子供になることができる。そのほんの短い時間だけ、世界は柔らかい色を持つ。


伊勢崎遥は、ここではルカと呼ばれていた。天使の名前。この場所にはふさわしいが、自分にはあまりふさわしくないなと思った。

この年であたしくらい人を殺している天使はいないだろう。

遥は食前の祈りを捧げながらいつもそう思う。手を合わせ、指を組み、静かに目を閉じて毎日天に祈る。我らを清めたまえ。我らを導きたまえ。我らに日常の糧《かて》を与えたまえ。あたしは誰に祈るのだろう。天国のパパとママか。地獄に行った奴等か。遠くで見ている神様とやらは、あたしの存在を許すのだろうか。

隣では、ユキオがぼんやりと座っている。彼は祈らない。ただじっと目を閉じて座っている。そのことをシスターも責めたりはしない。みんな、彼をそっとしておいている。彼の混乱が収まるまで。彼が自分の悲しみを言葉にすることができるまで。

色白の痩せた頬、切れ長の目。唇はいつも固く閉じられ、歯すら見せたことがない。遥と同じ年のはずだ。

ユキオは、ごく最近まで新聞を騒がせていた大きな疑獄事件で、逮捕される寸前に無理心中を図った政治家の息子だった。妻子の首を絞め、自分も首を吊った。妻を殺すことには成功したが、息子は息を吹き返したのだ。ユキオは親戚に引き取られる予定だったが、マスコミがあまりにうるさいので、緊急避難先としてこの聖心苑が選ばれたのだ。聖心苑は、そういう子供を預かることに慣れていた。ただの孤児院にしては、設備と警備がかなりしっかりしているからだ。恐らくたんまり報酬を貰っているのだろう。

他にも小さな子供たちが十人。皆、事情があって家族と暮らせないというのだが、その『事情』というのがかなり政治的だったり、血なまぐさいものだったりするらしいというのが遥の感じたところだった。ここにいる子供たちには、非常に金が掛かっているという印象を受けた。本当に天涯孤独の身なのは、遥くらいのようだ。

子供たちは総じておとなしく、何かをあきらめたかのような表情をしていた。学校もちゃんと苑内にあり、教員資格のあるシスターが授業をしている。子供一人に掛かるコストが恐ろしく高いが、それでもきちんと回っているところを見ると、相当なお金が入っていると判断せざるを得ない。

不思議なところだ、と遥は思った。企業から多くの寄付を得ているというのも、その辺りに起因しているのだろう。ここは「何かと便利な」施設なのに違いない。父が、死ぬ前に当面遥がここで暮らすよう手配したのも、彼女の知らない何かのメリットがあるからに違いない。苑長とは古い友人だとしか彼女は聞いていなかった。シスターには、彼女は、幼い頃に母親を亡くし、最近父親を亡くした子供とだけ説明された。

遥は時々闇の中の火柱の夢を見る。

焼き尽くせ。全て。

父の声を夢の中で聞く。

新聞記事は、無人の別荘と無人の管理人小屋が燃えたと書いただけだった。無人の小屋に恐らく通りすがりの愉快犯が放火したのだろうと。その記事にどこからどのくらいの圧力が掛かっているのか、遥には見当がつかなかった。警察と消防が、本当にそう判断したのかもしれなかった。

あの日から、彼女のどこかであの暗い炎が燃えている。

問題は、ここでどのくらいの期間持ちこたえられるかだった。『ZOO』がこの場所にいる遥を発見するまでどのくらい掛かるだろう？

わざわざ本国から送り込んだ工作員を全員あっさり殺されたのだから、『ZOO』は衝撃を受け、怒り狂っているはずだ。威信にかけても遥とアレキサンダーを見つけ出し、本国に連れて帰ろうと考えているだろう。遥はこの三か月、平穏に暮らしてきたが、最近、遥は自分の居場所はもうバレている、という確信めいたものを強く感じるのだった。居場所はとっくに突き止められていて、遥を拉致もしくは消す機会をじっと奴等が窺っているのだ、という予感を。

来る。奴等は必ず来る。

遥はそう心の中で繰り返した。

それももうすぐ。奴等はきっとあたしのところに現れるに違いない。それがどういう形で訪れるのかは分からないが。

翌朝、苑長と共に四人の大人がぞろぞろと食堂に入ってきた。

苑長の白石は、一見何というところのない温厚そうな男だ。小太りで小柄で、はげた頭に柔和な顔。この苑長が、伊勢崎家の事情をどこまで知っているのかは遥にも謎だ。だが、こういう状況で父が遥を預けるのだから、相当信頼しているということは確かだった。統率のとれた聖心苑を見ても、彼の経営手腕が確かであることが窺える。

苑長はゆったりした口調で彼等を紹介した。

眼鏡を掛けた、真面目そうな若い女は田代由美子《たしろゆみこ》と名乗った。

子供たちは月に一度、定期的にカウンセリングを受けている。カウンセラーが、大きな病院から派遣されてきて何日か一緒に過ごすのだ。それだけでも、ここの子供たちに複雑な『事情』があることが分かる。が、今回はいつもやってくる中年女ではなく、担当者が違う。

しかも、今回、カウンセラーは一人ではなかった。背の高い、濃紺のスーツを着た中年男が臨時のカウンセラーだと名乗る。名前は笠原浩二《かさはらこうじ》。がっしりした身体に無表情な顔。廊下での話を盗み聞きしたところによると、どうやら厚生省の役人らしい。子供たちの精神衛生についての調査をしているので、一緒にカウンセリングを行うという。早い話が、彼はユキオを専門に担当するのだ。ユキオは政財界から関心を持たれていた。国家公務員がわざわざカウンセリングに訪れたのは、疑獄事件に絡んだその辺りの事情があるのかもしれない。

三人目はふっくらとした五十代後半の女性だった。銀髪がしっくり馴染んでいて、人好きのする女。篠原恵美子《しのはらえみこ》。彼女が挨拶すると、子供たちが歓声を上げた。毎年、この時期になるとボランティアで子供たちの世話をしに来るらしい。元々小学校の教師だったそうだ。

クリスマスが近付くと、シスターたちは菓子作りやパーティの準備に忙しくなる。聖心苑オリジナルのクリスマス仕様の菓子は人気があり、パーティ一日でかなりの売上になるため、準備にも力が入る。要するに、子供たちの世話まで手が回らないので、外部から助っ人を頼んでいるというわけだ。彼女がここに来るようになって、もう五年目になるという。

そして、四人目はひょろりとした四十前後の男。昨日、カメラを持って遥に近付いてきたルポライターだ。

「神崎《かんざき》貢《みつぐ》です。よろしく」

彼は聖心苑についての新しいパンフレットを作るライターとしてやってきたのだそうだ。新しいパンフレットは、寄付をしてくれている企業に対する報告書も兼ねると共に、新たな寄付を募《つの》る企業への宣伝ツールにもなるらしい。

四人はクリスマス・パーティまでの一週間、ここに滞在すると苑長は説明した。

遥は目の前に並んでいる四人をじっと観察していた。

この中に『ZOO』がいる可能性はあるだろうか？

怪しいのは、カウンセラーの二人だ。

遥は、表情に乏しい田代由美子の顔を見つめた。綺麗だが淋しい印象を与える顔だ。この若い女は新参者だし、『ZOO』が送り込んできた人間だと言われても驚かない。『ZOO』は、日本の社会の隅々にまで『BUG』を送り込んでいるから、ゆめゆめ油断するなと父は繰り返し言っていた。

中年男の方は、かなり怪しい。このがっしりとした体軀《たいく》。あの歩き方。遥は、この男が特殊訓練を受けているのではないかと疑っていた。少なくとも、厚生省の役人というのは額面通りには受け入れられなかった。

この男はマークしておかなければ。遥はその顔を脳裏に刻み込む。

篠原恵美子はどうだろう？　にこやかで、身なりのよい彼女は、いかにもいいところの奥様に見えた。

五年もここに通っているのならば、地元の人間であることは確かだ。彼女は除外してもいいかもしれない。だが、彼女はさっきから遥に何度も目を走らせている。ユキオになら分かるが、遥ばかりをチラチラと見るのだ。遥はその目付きがどうも気に入らなかった。この女は、見た目通りの人間ではない。

遥は彼女からそういう印象を受けていた。

そして、この男は？　どうもよく分からないな。

遥はそっと神崎貢に目をやった。遥が見ているのに気付くと、ニコッと屈託のない笑顔を向けて寄越す。図々しいけれど、どことなく憎みきれない、人懐こい一面も持っているらしい。子供たちは彼に興味を示していた。彼は子供の心をつかむのがうまい。

苑長の甥。信用できるだろうか？

「皆さん、仲良くして、どうか協力してあげて下さいね」

苑長はにこやかに話を締めくくった。子供たちが小さくはあい、と声を上げる。

遥は無表情に大人たちを見ている。

仲良くできるかどうか。それはあたしが決めることだ。

四人の足音はすぐに覚えた。

どことなく覇気《はき》のない、神経質な歩き方をする田代由美子。何を考えているのか分からないが、一途な芯の強さを感じさせる。

静かに用心深く歩く笠原浩二。やはり、この男は何かの訓練を受けている、と遥は確信した。歩幅も、体重移動も見事に均一。少なくとも、長時間歩く夜間行軍のような訓練を受けたことがあるのは確実だろう。厚生省にそういう訓練があるのかどうかは知らないが。ゆったりと、それでいてキビキビ歩く篠原恵美子。彼女が小学校の教師をしていたというのは嘘ではなさそうだった。教師が廊下を歩いて足早に教室に入ってくる時の歩き方だ。情緒が安定していて人格の確立された、社会的地位を意識した人間であることが分かる。どことなくもつれているような、ふらふらした歩き方は神崎貢。何かないかと周囲を見回しながら時間稼ぎをしているさまが目に浮かぶ。磊落《らいらく》で開けっ広げに見えるが、その一方で、この男の歩き方には、肉食動物のような敏捷で鋭い勘があることを感じさせる何かがあった。

遥はこれからの一週間、耳を澄ませたまま生活することにした。彼等が近付いてくればすぐに分かるように。彼等の話の内容が少しでも多く聞き取れるように。この中に刺客がいるかもしれない。寝首を掻《か》かれてからでは遅いのだ。四六時中感覚を全開にしていると疲れてしまうので、普段は意識的に聞かないようにしているのだが、今はそんなことを言ってはいられなかった。

遥に人並み外れた(動物並みと言ってもいいのだが)聴覚や運動神経が備わっていることは『ZOO』でもある程度は見当がついているはずだ。だが、実際どれほどなのかは、まだ彼等にもデータはない。そのデータを、彼等は喉から手が出るほど欲しがっているだろう。もしあの四人の中に『ZOO』がいるにしても、不用意に自分が『ZOO』であることを示すような会話はしないだろうし、そもそも彼等は『ZOO』であることを隠して社会生活を送っているのだから、おいそれと尻尾を出すとは思えない。

神経戦になりそうだ、と遥は食堂で昼食を摂る四人を見ながら考えた。

きみはいま、くらいへやにひとりでいる。しずかなくらいへやのなかにひとりでいる。へやのまんなかに、きのいすがひとつおいてある。きみは、そのいすにてをかけてそっとこしをおろす。くうきはひんやりしてここちよい。きみはとてもりらっくすしている。そうできたかな。どうだい、きみはいまひとりでしずかにくらいへやにすわっているんだ。なにがみえる?

なにも。

じゃあ、おとはどうかな? なにかおとはきこえないかい?

なにも——うぅん、ごーっというおとがきこえます。

おおきなおとかな？

いいえ、とおくのほうですこしだけ。

なんのおとだとおもう？

たきのおと。いや、そうじゃない。ちょっとまって——あれはきっと——ちかてつかもしれない。うーん。じしんないな。


ユキオがカウンセリングを受けている。

遥は、隣の部屋に耳を澄ませていた。ここは診療所と呼ばれる小さな建物で、カウンセリングはこの中の区切られた小部屋で行われるのだ。

遥は廊下で自分の順番を待っていた。一番奥で、ユキオは長時間に亘《わた》って笠原のカウンセリングを受けている。遥はその内容が気に掛かるのと同時に、笠原がどういう男なのかも知りたかった。

ユキオはほとんど喋らない。まだ自分の内側に深く閉じこもったままなのだ。現実を受け入れる準備ができていない。笠原もそのことは承知していて、世間話のようなカウンセリングがえんえんと続いていた。

意外なことに、笠原は優秀なカウンセラーに思えた。無表情でとりつく島のないように見えた男だが、声は静かで慈愛に満ちており、相手をリラックスさせる術《すべ》に長《た》けている。

「ルカさん、入って下さい」

田代由美子が扉を開け、長椅子に座っている遥に声を掛けた。前の子供が出てきて、遥に手を振って歩いていく。小さく手を振り返しながら、遥は立ち上がり部屋に入った。

「五十嵐春香《いがらしはるか》さんね」

由美子は窓を背にして椅子に腰掛け、これまでのカウンセリング記録で厚くなったカルテを見つめた。

五十嵐春香の記録は完璧な偽造だ。父が生前、偽の戸籍や住民票など、一式拵《こしら》えておいたもので、まず見破られることはないだろう。

「はい」

遥は静かに答えて、由美子の向かい側の丸い椅子に腰掛けた。窓の外に、イチョウの木のある丘が見える。

の闇の中を、転げるように降りてきたあの晩のことを思い出す。疲れると、アレキサンダーの背につかまって眠りながら歩いた。

夜明けの畔道《あぜみち》に、青いイチョウの木々がゆったりと揺れていた。朝靄《あさもや》の光に、青い木の葉がチラチラと輝いていた。

遥は長野からここに来る途中で髪を短く切り、おとなしく地味な少女という性格を自分に与えてからやってきた。父を失った傷心の少女。引っ込み思案だけれど、徐々に精神的ダメージから回復しつつあるけなげな娘。そういう役柄を自分に割り振ったのだ。彼女は自分がその役柄を信じれば、他人からは完璧にそう見えることを知っていた。

これまでのカウンセリングも、問題なしできているはずだ。

この子は芯の強い子ですね。父親も、死ぬ前にちゃんと子供と話し合ってきたのでしょう。父親が死ぬことは早くから予想していたし、親子で死と向き合ってきたので、きちんと父親の死を受け入れる準備ができていたようです。大丈夫、ちゃんと一人で生きていける子です。

これまでに来たカウンセラーも、苑長にそう言っていた。

そう、あたしは一人で生きていける。ある意味で、あたしは最初からこの世に一人きりなのだから。誰もあたしのことを理解できないし、あたしのような人間は他に誰もいない。孤独の意味が、他の人間とは違うのだ。

由美子と遥は当たり障りのない話をした。いわゆるカウンセリングと呼ばれる会話。よく眠れるか、おなかは空くか、夢は見るか。

カウンセリングを受けているのは遥だが、相手を観察しているのは遥の方だった。

朝までぐっすり眠れる?

ええ、よく眠れます。

夜中に理由も分からず目を覚ましたりしない?

はい。あまり夢も見ません。

勉強は好き？　ここの進み方はどうなの？

算数や理科が好きです。シスターはとても丁寧に教えてくれます。午後は時々眠くなっちゃうけど。

この女が『ZOO』だろうか？

話し方、視線、ボールペンを指で遊ばせる手つき。自分に割り振った地味な少女の演技を続けながら、遥は向かい側に座っている女から、情報を得ようと試みる。

駄目だ、これだけでは分からない。

遥は心の中で匙《さじ》を投げた。何も考えていないただの若い女にも見えるし、自分の正体を見せないかなりの演技者にも見える。

その時、ノックの音がした。

「はあい、どうぞ」

由美子は眼鏡を押さえて顔を上げる。

「先生、お茶が入りましたので召し上がって下さい」

お盆を持った小島シスターが控え目な声を掛けた。

「すみません」

由美子は立ち上がって、お盆の上の湯気の上がっている茶碗を二つ取ってテーブルに置いた。個別包装になったカステラも二つ取る。お盆にはあと二つ、茶碗と菓子が載っていた。

ユキオと笠原の分だろう。

「一休みしましょ」

由美子は小さく遥に笑い掛ける。笑うと、その美しさが際立つ。清潔感のある笑みに、遥はかすかに好感を持った。

「疲れたでしょう」

田代は茶碗を手に取った。続いて遥も茶碗を手に取る。

その瞬間、遥は茶碗の中の、何か異質なものの匂いを嗅いだ。

お茶の中に何かが入っている。

「先生、飲まないで」

遥は反射的にそう叫んでいた。

「え？」

茶碗を口に運ぼうとしていた由美子はぎょっとしたような顔になり、遥を見る。それはとても演技には見えなかった。

遥は立ち上がり、由美子が手に持っている茶碗に顔を近付けた。やはり、異物の匂いが感じられた。

「ヘンな匂いがする」

「そ、そう？　気付かなかったわ」

由美子はくんくんと鼻を鳴らしたが、首をひねるばかりだ。

特定の茶碗を選んで入れたのではない。だとすると。

遥は部屋の扉を開け、廊下に飛び出していた。

「シスター、待って！」

奥の扉をノックしようとしていた小島シスターがきょとんとした顔で振り向いた。

遥はシスターが手に持っているお盆をつかみ、載っている二つの茶碗の湯気の匂いを嗅いだ。

「これ、何か入ってる」

「ええっ？」

「このお湯は、どこから？」

「え？　給湯室の、電気ポットだけど」

シスターはしどろもどろになった。遥はシスターの手からお盆を取り上げ、そのまま給湯室へ小走りに急いだ。由美子が出てきて、こちらを見ている。

給湯室の流しの上に置いてある大型の電気ポットは保温状態になっていた。

遥はポットの蓋《ふた》を開け、中から立ち上る湯気を嗅ぐ前から、何かを混入されたのはこのポットであると確信していた。

流しと小さな冷蔵庫があるだけの、入口の隣の給湯室だ。入口は開いていていた。誰でもここにサッと入ってきてポットに薬物を混入することができる。

「まさか、そんな」

シスターはおろおろした。

「あたしの気のせいかもしれません。でも、苑長先生に言って、調べて貰って下さい。なんでもなければそれでいいんです。あたし、田代先生とここで見張ってます。ここはこのままにしておきますから」

遥は小島シスターを正面から見つめると、そう言った。シスターはぎこちなく頷くと、駆け出していった。

由美子と遥は気まずい表情で給湯室に立っていた。由美子は気味悪そうに辺りをきょろきょろ見回していたが、遥はじっとしたまま目まぐるしく思考していた。

これは、どういうことだろう？『ＺＯＯ』の仕業《しわざ》ではないのか？あたしが狙われたわけではないのだろうか？


「ポットの中から農薬の痕跡が認められました」

苑長が厳《おごそ》かに言うと、シスターたちは息を飲んだ。田代、笠原、篠原、神崎。そして遥もシスターたちと一緒に苑長の声を聞いている。子供でここに来ているのは遥だけだ。それは、遥が発見者だったからだろう。

朝の礼拝堂は不穏な空気に包まれた。

苑長はキッとして言葉を続ける。

「こちらはこちらで捜査を進めます。子供たちには話さないで下さい。皆さんは、食べ物や飲み物には細心の注意を払うように」

みんながザワザワと不安げな声を上げた。外部からの侵入者がわざわざあの給湯室に侵入したとは考えにくい。おのずと、対象は新参者の四人か、内部犯行説に絞られる。シスターたちは疑心暗鬼に満ちた目でお互いの顔を見ていた。

しかも、これからクリスマスに向けて大量の菓子を作ろうというところなのだ。外部の客に売る菓子に、異物を混入されたら大変なことになる。シスターたちの不安を読み取ったのか、苑長は口を開いた。

「警備を厳重にします。お菓子の工房には見張りを付けるようにしましょう。徒《いたずら》に騒ぎたてるようなことは絶対にやめて下さい。ポットに農薬を入れた者は、我々がこうして浮き足立ち、互いに猜疑心《さいぎしん》を持つのをどこかから見ているのです。ここでしっかりしなければ、その邪《よこしま》なる者の思うツボです」

その口調には威厳があり、農薬混入者を許さないという迫力が込められていた。

その迫力に、ざわついていたシスターたちもようやく少しずつ安堵に似た表情を見せ始める。

「篠原さん、子供たちの食事にはくれぐれも気をつけて下さい。お願いします」

苑長は緊張した面持ちの篠原恵美子の顔を見た。恵美子は、こっくり頷くのと同時にチラッと遥を見たので、遥は驚いた。

なぜだろう。なぜ彼女はこんな目であたしを見るんだろう。


「全く、信じられないわ。なんて卑劣で陰湿なの！　ポットに薬物を入れるなんて！」

高橋シスターがかんかんになって怒っている。

遥は鶏に餌をやり、鶏小屋の掃除をしている。高橋シスターと小島シスターも一緒だ。

「ルカちゃん、よく見つけたわね。あなたはとても鼻がいいのね」

小島シスターが驚嘆のまなざしで遥を見た。

高橋シスターも、愛おしそうに遥の頭を撫でる。

「命にかかわるような量ではなかったそうだけど、大人はともかく、ルカちゃんが飲んでたら大変だったわ。もしルカちゃんが飲んでいたら、きっと気分が悪くなって今ごろ救急車で運ばれて大騒ぎになってたでしょうね。よかったよかった」

「ほんと、ルカちゃんが気が付いてくれなければ、あたしがみんなにあのお茶を飲ませていたことになるんですものね。そうならなくて本当によかったわ」

　小島シスターが安堵するように深く溜め息をついた。

「なぜあの時お茶を持ってきてくれたんですか？　いつもは持ってきてくれないのに」

　遥は無邪気を装って尋ねた。小島シスターは小さく肩をすくめる。

「ユキオくんのカウンセリングが長引いてるようだから、苑長先生がお茶を持っていくようにとおっしゃったのよ。診療所に行ってみたら、田代先生の方もまだカウンセリングをなさってたから、ついでに一緒にお茶を淹れたの」

　これは、『ZOO』の仕業ではない。

　遥はそう感じた。どうも『ZOO』にしてはやり口が甘いと思っていた。彼等は、農薬で気分を悪くさせるなどというなまぬるい手段は取らない。遥を殺すために毒を使うのならば、無味無臭で判別不能の毒を使って、遥一人のみを殺そうとするだろう。彼等はプロバビリティの手など使わない。一撃で相手を仕留めようとするはずだ。

　ここでいったい何が起きているのだろう。

　地面を掃きながら彼女はじっと考えた。

「さて、クリスマス商品の準備に行かなくちゃ」

　シスターたちは修道服の裾を払い、よっこらしょと掃除道具を持ち上げた。

「あたしも手伝いましょうか」

遥は即座に申し出た。一人でいるよりは、工房でシスターたちと作業をしている方が安全だと判断したのである。

「いいのよ。ルカちゃんは、篠原さんと一緒に子供たちの世話をしてあげて。何か変わったことがあったら、すぐに篠原さんに言ってね。あの人はしっかりしててとても頼りになる人だから」

高橋シスターがニッコリ笑って遥の顔を見た。

遥は落胆した。どうもあの女は苦手だ。あの怯えたような日付きで自分を見るのが不快だった。だが、あの目付きの原因を突き止めなければならない。

遥は寮に向かって歩き始めた。学校の終わった子供たちは、遊戯室で篠原恵美子と遊んでいるに違いない。

雑木林を歩いていると、神崎貢が歩いてくるところに出くわした。

「やあ」

ニコニコしながら近寄ってくる。

「お手柄だったね。君、とっても鼻がいいんだねえ。僕なんか、いつも鼻炎ぎみだから気が付かないでさっさとがぶ飲みしてただろうな」

「子供たちとの取材は終わったんですか」

神崎は肩をすくめた。

「僕はもともと子供好きでね。取材も大事だが、子供と遊ぶのは嫌いじゃない。みんなと遊戯室で遊んでて楽しかったのに、あの人誰だっけ、ああ、篠原さんか、あのおばさんに追い出されたよ。もう時間は過ぎたって」

篠原恵美子が、神崎のようなタイプの人間を嫌うのは分かるような気がした。なんとなくうさん臭く感じるのだろう。神崎には、向き合う者に警戒心を起こさせるようなところがある。

「ねえ、ちょっと聞かせてよ」

通り過ぎようとする遥の腕をつかみ、神崎はニッと笑った。

「なんですか」

「ユキオくんのことだよ」

「でも、ユキオ、誰とも口きかないし。あたしも喋ったことない」

「いや、僕が聞きたいのはね、ユキオくんが何か持ってなかったかってことなんだ」

「え？」

神崎は真顔になると、遥の顔を正面から覗き込んだ。遥の目を見て、彼女が嘘を言っていないかどうか確認したいのだろう。

「このことは、君と僕だけの内緒の話だよ」

神崎は声を低め、ゆっくりと話し始めた。

「ユキオくんのお父さんは、一枚の大事なフロッピーディスクを持っていたはずなんだ。企業からユキオくんのお父さんや、ユキオくんのお父さんが所属していた政党に流れた金の動きを記録した帳簿がそこにそっくり入ってるはずだった。それを公開すると、いろんな人が逮捕されたり、免職されたりすることになるだろう。だからみんながそれを探しているんだが、見つからない」

「ユキオがそのフロッピーディスクを持っていると？」

「そう考える人もいるだろうね」

遥はじっと考えた。

「でも、おかしいよ」

「どうして？」

「だって、ユキオのお父さんはユキオを殺したんでしょう？　少なくとも、ユキオは死んだと思ってから自殺したわけでしょう。だったら、ユキオがそんなものを持ってるはずないよ」

神崎はじっと遥の顔を見ていた。

「君は本当に賢い子だね。僕も君の言う通りだと思う。だけど、それでも生き残ったユキオくんが何かを持っているんじゃないかと思う人はいっぱいいるんだ」

遥は左右に首を振った。

「ユキオの荷物なんて、ほんの少しだった。個室で暮らしてるし、ユキオが何を持ってるかなんて知らない」

「ちょっとでいいんだ。五分だけでいい。調べてみてくれないか」

遥は目の前の男の正気を疑った。遥に、ユキオの荷物を探れと頼んでいるのだ。

「嫌です」

遥はきっぱりと言った。神崎は卑屈な笑みを浮かべた。

「盗めと言ってるわけじゃない。フロッピーディスクがないことを確かめるだけだ」

「じゃあ、自分で探せば？」

遥は腹を立てていた。そんなことを頼む神崎がけがらわしかった。

「分かった、分かったよ。ね、このことは君と僕との内緒だよ」

神崎は慌てて言った。

「知らない。シスターに、ユキオの荷物を探せって言われたって言いつけてやる」

「ごめんごめん。そんなこと、もう言わないよ。大人にはいろいろ仕事ってものがあるんだ。おじさんだって食べていかなきゃならない。正直、聖心苑に入ってる君たちが羨《うらや》ましいくらいだよ」

神崎は愚痴っぽく言った。

「ね、このことは内緒だよ。もう頼まないから」

「分かった」

遥がブスッとして頷くと、神崎は頭を掻いた。

丘の上を、二匹のコリー犬がじゃれ合って駆けてゆくのを見て、遥の機嫌を取るように話しかけた。

「あれ、ずいぶん大きな犬だね。名前なんていうんだい？」

「メイとオーガスタ」

「メイとオーガスタ。五月と八月か」

「二匹がここに来た時の月の名前なんだって」

「ふうん。やれやれ、犬にでも遊んで貰うか」

神崎はぶらぶらと丘に向かって歩き始めた。遥は寮に向かう。

とんでもない男だ。遥はまだ少し腹を立てたまま歩いていたが、もう一度丘を振り返って神崎を睨《にら》み付けた。

ふと見ると、神崎が片手を上げて犬を見ている。メイとオーガスタは尻尾を振って神崎にじゃれついていた。

遥はギクリとして、神崎を暫くじっと見つめていた。犬と遊ぶ神崎の顔は、真剣そのものである。

あの男はいったい何者なんだろう？

夕食までのひとときを、篠原恵美子と子供たちとで過ごした。篠原の子供の扱いは見事なもので、子供たちを無理なく甘えさせ、それでいてきちんと距離をおいて指導するというツボを押さえていた。苦手に感じていた遥も、一緒に過ごすと楽しく感じられたので驚いたほどだ。子供たちが彼女を慕うのも頷けた。

食堂で、並んで夕食の準備をしながら、恵美子は遥に話しかけた。

「ルカちゃんのお父さんは、病気で？」

「はい。癌でした」

「そうなの」

暫く不自然な沈黙が降りた。

遥が不思議そうに恵美子の顔を見ると、彼女はどことなく苦しそうな表情になる。

「大変だろうけど、お父さんの分もしっかり生きるのよ」

遥は意外に感じて恵美子の顔を見た。彼女の顔には、淋しさと思いやりとが入り交じっていた。一言では言い表せないような、複雑な表情を浮かべている。

遥は混乱した。その瞳の意味が、彼女には理解できなかった。

「こんばんは」

「お疲れさま」

由美子と笠原が食堂に入ってくる。遥のカウンセリングは一回で終わっていたが、何人かの子供は、連日由美了のカウンセリングを受けていた。笠原はユキオにかかりきりである。

「ああ、おなかが空いた」

神崎が例によってぶらぶらしながら入ってきた。遥にぎこらなく笑いかけるが、遥は無視する。神崎は頭を掻いて席に着いた。

シスターたちは、今日から夜も作業をするらしい。お菓子作りは重労働だ。

「できましたよ。取りに来て下さい」

賄《まかな》いのシスターが、厨房の奥から声を掛けた。みんなで立ち上がり、ご飯と味噌汁をよそい、おかずの載った盆を受けとる。

「では、お祈りをしましょう」

篠原恵美子が、みんなが席に着くと声を掛けた。指を組んで目を閉じる。

子供たちがぶつぶつと祈りの言葉を呟く。我らを清めたまえ。我らを導きたまえ。

ふと、遥の耳は何かを拾っていた。

なんだろう、この耳障りな音。キリキリと何かがほどけていくような、苦しそうな音。どこか遠くで。上の方？

遥は薄目を開けて天井を見上げた。

鉄に細工を施した、大きな照明器具が目に入る。

それはユラッと揺れた。ブツリ、という鈍い音がはっきりと耳に入る。

「あぶない！　みんな伏せて！」

遥が叫んだのと同時に、ゆっくりと、そして一気に加速して照明が落ちてきた。大きな重量のあるものが、テーブルの上にまともに打ち付けられようとしている。

遥は隣に座っていたユキオの身体を椅子から引き摺《ず》り降ろした。

みんなが危険に気付き、声にならない悲鳴を上げて椅子から滑り降り、頭を抱えて床にうずくまる。

凄まじい轟音と振動が食堂の天井に鳴り響いた。空気が揺れ、食堂全体がずしりと上下した。

暫くの間、食堂に音の残響が繰り返し伝わり続けていた。

厨房から悲鳴が上がり、シスターたちが駆け出してくる。

みんなが恐る恐る顔を上げた。小さな子供たちが弱々しく声を上げて泣き出す。

「うわあ」

神崎が悲鳴を上げた。

テーブルの上の食事は、みんなひっくり返っていた。湯気を上げた味噌汁がテーブルの上に池を作っている。その中央に、鉄の枠がひしゃげた照明が、無残に乗っかっていた。テーブルの中央が、照明の重量に耐え兼ねて陥没している。電球か粉々に割れて、周囲に散乱している。

身体から電球の破片を払い、みんながよろよろと立ち上がった。

「こいつはひどい」

「ワイヤーが切れたのね」

青ざめた顔で、田代と笠原が天井を見上げていた。天井に、ぶっつり切れたワイヤーが残っている。

「テーブルの真上でよかったわ。みんな、怪我はない？」

篠原恵美子が子供たち一人一人を助け起こし、身体に付いた電球の破片を手で払ってやっている。破片が手に幾つか刺さった子供がいたが、大きな怪我をした者はいなかった。

「怖いわ」

「手当てをして、他の場所で夕飯にしましょう」

恵美子がみんなを促し、シスターたちと一緒に子供たちを外に連れ出す。

「なんてことでしょう。苑長先生に見てもらわなくては」

シスターたちがおろおろしながら天井を見上げていた。

遥は、笠原に肩を抱かれて歩いていくユキオの背中を見ていた。ユキオは相変わらずぼんやりしていて、遥が椅子から引き摺り降ろした時もなされるがままだった。

ユキオだ。

遥は心の中で確信していた。

あたしじゃない。誰かがユキオを狙っている。

それならば、あの農薬も説明がつく。あたしと田代由美子は単なる不運な道連れに過ぎなかった。ユキオのカウンセリングが長引いているのを見た誰かが、ポットに農薬を入れたのだ。いつもなら、他の子供のカウンセリングはとっくに終わっている時間だった。あの時、由美子はどの子供とも初めて顔を合わせたので、念入りにカウンセリングを行った。それで、あたしと由美子もあの時間まで診療所に残っていたので、一緒にあのお茶を飲まされそうになるはめになったのだ。

大事なフロッピーディスク。

神崎の昼間の話が脳裏に蘇った。なんということだろう。運良く生き残ったユキオを、親を失ったユキオを、今なお亡き者にしようという意思が働いているのだ。

自分の子供を殺す親を正当化する気は毛頭ないが、それでもユキオの親は将来を不憫《ふびん》に思って彼に手を掛けた。だが、今彼を狙っている者は、恐らく自分の保身のために、ユキオを殺そうとしているのだ。

遥は無性に腹が立ってきた。

許さない。あたしはそいつを許さない。

夜中にフッと目が覚めた。

子供たちの寮は、シスターたちの寮と向かい合わせに建っている。子供たちの寮の入口には、シスターたちが交替で泊まる部屋があり、この前を通って子供たちの部屋に行くようになっているのだ。

なぜあたしは目を覚ましたのだろう？

遥は自分に問い掛けて、すぐにその理由を悟った。

誰かが廊下を歩いている。

原則はどこも二人部屋だが、ユキオと遥は一人で部屋を使っていた。一列に並んだ子供部屋のうち、玄関を入って一番奥がユキオの部屋で、遥はその手前だ。

遥はじっと闇の中の足音に耳を澄ませた。感覚を全開にしたまま眠る癖はずいぶん昔からのことで、今ではそれが当たり前になっている。

シスターではない。これは誰だろう？

やがて、遥はそれが誰の足音かすぐに分かった。

なぜ？　こんな夜中に、どこの部屋に行くのだろう？　まさか、この人がユキオを狙っていたのだろうか？　遥はじっと息を詰めて足音に聞き入った。

ゆっくりと足音は近付いてくる。時々立ち止まるのは、部屋の前の名札を確認しているからしい。

足音は、遥の部屋の前で止まった。

ネームプレートを確認している。遥は横向きになり、息を飲んだ。

足音はドアのノブに手を掛けたのだ。

あたし？

遥はいつでも起き上がれるように身体を動かした。

ドアノブが回る。静かにドアが開けられる。

この人が『ZOO』？

そろりと部屋の中に入ってくる影が見えた。

「何してるんです！」

その瞬間、パッと懐中電灯の明かりが廊下にともり、高橋シスターの声が聞こえた。

あまりの眩しさに、遥は手で光を遮る。

「篠原さん？　どうしたんですか、こんな時間に」

高橋シスターが驚いた声を上げた。

そこに立っていたのは、篠原恵美子だった。遥の部屋に入ろうとして不意を突かれ、ぼんやりと立っている。

「ルカちゃん？　起きてる？」

高橋シスターは戸惑った顔で遥を見て、恵美子と一緒に部屋に入ると戸を閉めた。他の子供たちを起こさないようにという配慮だろう。

恵美子はうなだれている。

気まずい沈黙が降りた。やがて、ボソボソと話し始める。

「ごめんなさい、なんだかとても怖くて、心配になって、どうしてもルカちゃんの寝顔を見なくちゃって思ったの」

弱々しい声。昼間のゆったりした威厳はどこにもなかった。

シスターと遥は混乱して顔を見合わせる。

説明を求めるように恵美子を見るが、恵美子はなかなか口を開かなかった。

どのくらいの時間が経過したのだろう。シスターと遥は辛抱強く待った。

「――生き写しなんです、死んだ娘と」

恵美子は溜め息のようにそう呟いた。目には涙が浮かんでいる。

「十一歳でした。朝、学校に行く途中で、車が突っ込んできて、ほんの一瞬でこの世からいなくなってしまったんです。最初にルカちゃんを見た時、本当にびっくりしました。あの朝見送った娘が、そのまま戻ってきたみたいで」

恵美子は肩を震わせた。

なるほど、そうだったのか。遥はそれまで感じていた疑問が氷解するのを感じた。あの怯えたように遥を見る目。チラチラと盗み見る視線。

「あの農薬のことがあって、今日、照明が落ちてきて、とっても怖くなったんです。こんなことは初めてでした――歳月が一気に何十年も巻き戻されて、また、あの日の朝に戻ったような気がして。もう一度、娘を失うような気がして。ごめんなさい、こんな。こんな衝動は初めてで」

恵美子は神経質に手を揉んだ。顔はげっそりとして、苦悶の色が浮かんでいる。

遥はいつのまにか恵美子に向かって歩き出していた。

自分でもなぜそうしたのか分からない。次の瞬間、遥は腕を差し出し、ふわりと彼女の胸に飛び込んでいた。

恵美子はぶるっと身体を震わせた。遥が自分に飛び付いてきたことが信じられないようだった。

また、隣で高橋シスターが目をうるうるさせているのが分かる。この人は本当に涙脆《もろ》い。

恵美子はがっしりと遥を抱き締め、大きく溜め息をついた。それでもまだぶるぶると震えている。

遥は目を閉じる。この一瞬だけ、幼い少女になろう。この瞬間だけ、ただの娘になろう。

遥は母親という懐かしい匂いを吸い込む。

苑長は、食堂の照明のワイヤーが切れたのは事故だと説明した。

農薬事件と続けざまだったので、何かと憶測するシスターもいたが、一日もすると何も言わなくなった。クリスマスの準備に忙殺されていたせいもあるだろう。なんとなく苑内は小麦粉臭くなっていた。シスターたちが行き交うと、バニラやシナモンの香りがする。

誰がユキオを狙っているのだろう。

遥はユキオの身辺にも神経を尖らせた。気が付くといつも、あの四人の大人たちの姿を目で追っている。神崎は相変わらずぶらぶらして子供たちと遊んでいるし、由美子はカウンセリングを続けている。恵美子とはすっかり打ち解けていた。そして遥が気が付いたのは、笠原がいつも影のようにユキオの近くにいることだった。彼がユキオを狙っているのだろうかと疑ったが、何もせずにただ近くにいるだけなのだ。

まるで見張ってるみたいだな、と遥は思った。あの男の動向には気を付けなければ。

ユキオは相変わらず口をきかなかったが、瞳の色は随分落ち着いてきたように見えた。時々、顔にちらりと感情がかすめているような気がする。カウンセリングの効果が上がっているのかもしれなかった。表情というものが人間の顔を作っているのだということがよく分かる。それまでのユキオはのっぺらぼうで濁って見えた。そこにユキオという人格があることなど全く感じられなかった。しかし、ひとたび感情が顔に浮かぶようになると、そこにいるのがユキオという一人の少年であることが分かり、彼の顔を覚えることができるようになるのだ。

シスターたちの代わりに、遥とユキオは鶏小屋の世話と掃除に出かけた。

雑木林はほとんど葉が落ち切って、冬木立になっていた。

静かに小屋の中を掃除していると、潮騒《しおさい》が聞こえてくる。

二人は黙々と掃除をこなした。鶏たちはひょこひょこと首を動かし赤い足で歩き回っている。

「どんな感じだった？　お父さんが死んだ時って」

遥は最初、それがユキオの声だとは気付かなかった。

暫くしてから、遥はそれがユキオが自分に話しかけた声だと気付いた。

驚いてユキオの顔を見る。ユキオは静かな目で遥を見ていた。

遥もじっとユキオの顔を見る。

あたしたちは似ている、と遥は思った。どちらも地獄を見たことのある顔だ。

「別に。お父さんは、最後の方は痛みがひどかったから、ああこれでやっと楽になるんだって思った。どちらかと言えばホッとした感じかな」

「そう」

ユキオは呟いて、再び小屋の中を掃き始めた。

「お父さんは、僕を殺さなかった」

「え？」

遥はユキオの方を振り返ったが、ユキオは背中を向けたままだ。

「あの日、お父さんは、僕に切手の貼ってある封筒を渡した。これを郵便局まで行って投函してこい、近くのポストじゃ駄目だ、投函したことをずっと覚えているんだぞと言った。中にフロッピーディスクのようなものが入っていると思った。僕が離れた郵便局まで行って家に戻ってきたら、お母さんは死んでいて、お父さんは首を吊っていた」

ユキオは淡々と話を続けた。

「それで、僕は自分の首を絞めたんだ。タンスの端に首を巻いた腰紐を引っ掛けて自殺したおばあさんの話を聞いたことがあったから、自分でも首を絞められるはずだと思って」

潮騒が遠くで響いている。

「でも、気絶はしたけど死ねなかったね。やっぱり最後まで力が入らないんだ」

ユキオは、小さく笑って遥を見た。

遥はユキオの目を見て言った。

「よかったね、死ななくて」

ユキオはハッとした表情になったが、少し考えてから小さく頷いた。

「うん。死ななくて、よかった。今はそう思う」

二人は掃除道具を片付け、並んで丘を歩き始めた。

「封筒の宛先がここになっていたんだ。聖心苑の苑長宛てに」

ユキオは独り言のように呟く。

「そんな大事なことをあたしに喋っていいの?」

遥が尋ねるとユキオはかすかに笑った。

「いいんだ。ルカには言いたかったんだ。たぶん、僕はもう少ししたら、ここからいなくなる」

「どこへ行くの?」

「遠くの親戚。今僕を受け入れる準備をしてる。マスコミやいろんな人が僕をあちこちで探してるから」

「いろんな人?」

「僕がいなくなればいいと思ってる人たちさ」

その瞬間、遥は強い殺気を感じた。

誰かがいる。丘を挟んで、向こう側に一人。そして、あたしたちのずっと後ろに殺気を持った誰かがいる。

ピシ、と空気を震わせ何かが飛んでくる気配がして、遥は反射的にユキオを地面になぎ倒していた。

ピシッ、ピシッと丘の斜面を鋭い弾丸が弾いていく。遥は頭を地面に押し付け、ユキオの身体をひたすら押さえ付けていた。

どこから？　遥は後ろの風景を思い浮かべた。

きっと、鶏小屋の後ろの茂みからだ。

「ユキオくん！」

丘の向こうから、銃を構えた笠原が飛び出してきた。

ふっと殺気が消える。遠い後方の茂みの向こうで、誰かが駆け出していく。足場が悪いのだろう、あの足音は――あれは――

遥は記憶の中の足音を探る。

「大丈夫か！」

笠原は血相を変え、素早い動きでユキオと遥をかばうように立ちはだかる。が、彼も敵がもう逃げたことを悟ったらしく、暫く辺りを窺っていたが、やがて銃を降ろした。

笠原のそれは、訓練を受け、修羅場をくぐった者の動きだった。

この男は？

遥が笠原を見ていることに気付くと、彼はあきらめたような顔で口を開いた。

「私は警視庁の者だよ。ユキオくんの身辺警護のためにここに来たんだ。口止めをしようと、多くの暴力団員がユキオくんを探しているのでね。このことは、ここでは苑長先生以外知らない。もはやこれまでだ。ユキオくん、君を迎えに来る準備ができた。ここから一刻も早く出るんだ」

前半は遥に、後半はユキオに話しかけている。

「はい」

ユキオは素直に頷き、遥の顔を見た。

「ありがとう。ルカは何度も僕を助けてくれたよね。ルカのことは忘れない」

ユキオはふわりと遥の手に触れ、ニコッと笑った。

遥は胸に鈍い痛みを感じた。なんだろう、この痛みは。なぜ彼の笑顔はあたしの胸に痛みを感じさせるのだろう。

笠原に抱えられるようにして、ユキオは後ろを振り返らずに歩いていった。


翌朝、ユキオと笠原と田代は聖心苑を出ていった。田代由美子も警官で、二人がユキオを連れ出したことが敵に気付かれないように、カウンセラーとしてここに来たらしい。

笠原と由美子は黒い車に乗り込み、ユキオは二人の足元でうずくまり、毛布をかぶって出ていった。

シスターたちにそのことは知らされず、ユキオが出ていったことを彼女たちが知ったのは昼過ぎになってからだった。

遥は、彼が自分に別れを告げていってくれたことを嬉しく思っていた。

やはり人間には挨拶が必要なのだ。別れの時は特に。

あたしとユキオはもう二度と会うことはないだろう。あたしたちは自分に過酷な運命が待っていることを知っている。ユキオは、あたしが彼と同じような過酷な運命の中で生きていることを感じとったからこそ、あたしにあんな話をしてくれたのだ。ユキオもあたしも、明日には誰かに殺されるかもしれない。そのことを口に出したくなんかない。しかし、だからこそ、その現実を見据えて別れを言う勇気が必要なのだ。

ルカのことは忘れない。そう言って手に触れたユキオの勇気が、遥の胸の中に小さな光を点していた。ユキオはなんて強いのだろう。

ユキオの勇気のためにも、あたしは彼を撃った人間を許さない。

遥は闇の中で、じっとあの時遠くで聞いた足音を思い浮かべていた。

クリスマス・パーティの前日。

苑内は準備で大わらわだった。お菓子を売るのはもちろん、聖心苑が世話になっている人たちを集めて華やかに過ごす一日だ。失敗は許されない。

恐らく、今夜は徹夜でお菓子を作るのだろう。明日は早朝から、お菓子を求めるお客が遠方からやってくるという。

恵美子と子供たちも、手伝いに奔走していた。ケーキの箱に飾るリボンを作ったり、クッキーをビニール袋に詰めたり、カードを書いたり、という作業に朝から追われた。もう学校はお休みである。

苑内ではシスターたちが駆け回っていた。礼拝堂がパーティ会場になるので、午後から飾り付けも始まっている。遥は真ん中に置かれたツリーの飾り付けを担当した。てっぺんに金色の星。色とりどりのきらきら光るボールを提げ、銀色のモールをレースのように巻き付けるのは楽しい作業だった。たくさんのボールの一つ一つに遥の顔が映っている。

賛美歌のカードや、小さなプレゼントの包みも用意した。全く手を休めていないのに、それでも次から次へと細かい作業が湧いてくる。あっというまに時間が過ぎた。

それでも、遥は忙しい時間の合間を縫って外に散歩に出た。

どうしても済ませておくべきことがある。

遥はそっと自分の部屋に戻り、ベッドの下に貼り付けておいたナイフを取り出す。夜襲ってくる刺客に備えて、すぐに取り出せる場所に貼り付けてあるのだ。

ナイフの感触が手に馴染む自分にかすかな嫌悪を覚えつつも、その感触はいつも彼女を安心させる。自分を守ってくれる唯一のもの。

遥はポケットにナイフを忍ばせ、ぶらぶらと苑内を見回す。

目指す標的はどこにいる？　きっと、丘の向こうか、雑木林の近く。そう当たりをつけて歩いていくと、その標的がまさに丘のところに腰を降ろしているのが目に入った。

やはりあそこに。

少女は静かに標的に近付いていく。その足取りにためらいはない。妖精のように軽やかな足取りは、標的にその気配を感じさせない。

遥は落ち着いた表情で少しずつ標的の背後に近付く。

なぜこの瞬間、あたしはいつも落ち着いているのだろう。なぜこれほど心が静まる瞬間は他にないのだろう。これから他人の生命を奪おうというのに、なぜこんなにも心は穏やかなんだろう。

そろそろと標的の首筋が迫ってくる。

一撃で仕留めなければ。何の痕跡も残さずに。

「――ハルカ？」

突然、標的が呟いた。遥はビクリと足を止める。

「伊勢崎遥だね」

標的は静かに呟いた。

遥は愕然《がくぜん》とする。

なぜこの男があたしの名前を？　この男がやはり『ZOO』？　じゃあ、なぜユキオを撃ったのだ？

神崎貢がゆっくりと立ち上がって遥を振り返った。いつものへらへらした表情は完璧に削《そ》ぎ落とされて、全くの別人に見えた。

遥はじっと貢を見上げている。

「なぜユキオを撃ったの？」

遥は単刀直入に尋ねた。あの時、茂みの向こう側を去っていく足音は、急いでリズムを崩してはいたが、神崎のものだと思い出したのだ。

「空気銃さ。彼を傷つけるつもりはなかった」

貢は両手を広げてみせた。遥はポケットの中のナイフを手放さない。

貢はあきれたように遥のポケットを指差す。

「その物騒なものから手を放してくれ。君がナイフの名手なのは知ってるよ。『ZOO』の工作員をあっさり何人も片付けた腕を使われたんじゃかなわない」

「あなたは」

遥はそのあとの言葉を飲み込んだ。貢は小さく横に首を振った。

「俺は『ZOO』じゃない。今夜一晩待ってくれ。それで一つケリがつく」

「ケリ？」

「そう。俺の目的は、ユキオをここから追い出すこと。ユキオを狙っている誰かが忍び込んでいると思わせれば、警視庁のおっさんがユキオを連れ出してくれるからな。警視庁のおっさんがいるところでドンパチやるわけにはいかない。『ZOO』の存在は、日本政府の上の方はよく知ってるが、警察は一応知らないことになっている。あのおっさんにいつまでもいられると困るんだ」

「じゃあ、あの農薬は」

「あれを仕込んでくれたのは小島シスターだよ。彼女は最後まで良心の呵責《かしやく》を感じてたようだけどね。君が見つけてくれたのは結果として有り難かった。彼女もホッとしてた」

小島シスターの歩き方に感じた悩みとは、それだったのか。

「照明が落ちたのは？」

「あれは、苑長先生が時間の読みを間違えたんだ。食事が終わってから落ちる予定だったのに、思ったよりもワイヤーが弱っていて、食事中に落ちてしまった。テーブルの上に落ちることは計算済みだったけど」

「今夜一晩というのは？」

貢は小さく溜め息をついた。

「この日を突き止めるのに随分苦労したよ。だから君にも何も知らせられなかった」

遥はじっと貢を見つめている。貢も遥の目を見つめ返した。

「『ZOO』は今夜一斉に襲撃してくる。恐らく、海から上がってくるだろう。君を拉致もしくは処分するために」

「やっぱりあたしの居場所はバレてたのね。あたしはどうすればいいの？」

「君はじっとしていてくれればいい。今夜は我々にとっても、『ZOO』の日本支部を叩くめったにないチャンスなんだ」

遥は頭が混乱するのを感じた。

「ここは――この聖心苑は、いったいなんなの？」

「ま、いずれ分かるさ」

貢は肩をすくめ、ぶらぶらと歩き始めた。

「君、ずっと俺を疑ってたね――俺がユキオを撃つ前から。どうしてだ？」

「あなたが犬と遊ぶのを見たから」

「え？」

「メイとオーガスタよ。あなた、無意識のうちに片手を上げてたでしょう」

貢はギクリとした表情になった。

「それで、この人はアレキサンダーを探してるんだと気付いたの。軍用犬は、右手を上げると伏せるから」

貢は小さく溜め息をついた。

「聞きしにまさる恐るべき子供、だな」

遥は薄笑いを浮かべた。そんな言葉に傷付くような心は持っていない。

「で、アレキサンダーはどこにいるんだ？」

貢はきょろきょろと辺りを見回した。

遥は悪戯《いたずら》っぽい微笑みを浮かべた。

「きっとあなたのすぐ近くよ」


工房にはずっと明かりが点ったままだった。作業は遅れており、シスターたちは夜通し商品の準備に追われるらしい。

子供たちは興奮して遅くまで起きていたが、やがてぜんまいが切れたようにみんな次々と眠っていった。

遥も早めにベッドに入った。全く眠気は感じない。いつもより更に感覚が鮮明になったような気がする。神崎はじっとしていろと言ったが、そういうわけにはいかない。

神崎は海からやってくると言った。この辺りは波が荒い。わざわざそういう条件の悪い場所に船を付けてくるのだから、ある程度の大きさの船を用意してくるはずだし、かなりの人数を投入してくるはずだ。こちらは何人で迎えるのか知らないが、こんな若いシスターばかりの修道院で、あんな訓練されたプロに立ち向かえるのだろうか？

遥はじっと闇の中で一人待った。手にはナイフを握りしめている。

待つ時の時間の流れは不思議だといつも思う。短いようで、長いようで、それでいて必ずその瞬間がやってくる。

それは突然起きた。

外でズシンという爆発音がして、空気が振動した。

シスターがわいわい言う声がして、みんながぞろぞろ外に出ていく気配がした。

遥は起き上がり、外に駆け出す。

闇の中で、鮮やかな炎を上げて何かが燃えていた。誰かが鶏小屋に火を放ったらしい。ホースを抱えて駆けていくシスターが見えた。

陽動作戦だ。

遥はそう悟った。きっと今ごろ、別の部隊が違う場所からここに侵入しているに違いない。

神崎はどこにいるのだろう？

遥は暗がりを素早く移動した。

ふと、闇の中に人間が動く気配を感じる。それも複数だ。

奴等が来た。

突然、銃撃が始まった。男たちが子供たちの寮に向けて、一斉射撃を始めたのだ。

遥は慄然《りつぜん》とした。なんということを。他の子供たちも巻き添えにするつもりなのか。目の前が怒りで真っ赤になる。

三人、いや、五人か。遥は素早く男たちの場所を確認する。

ひとしきり射撃をした男たちは、次々と寮に入っていく。

遥は、闇の中で一番後ろの男に忍び寄った。全くためらいはない。身体を弓なりにそらし、素早く首筋の中央にナイフを押し込む。男は声もなく崩れた。遥は慣れた手つきでナイフを抜き、男の衣服でさっと血を拭う。狙いは完璧だ。たいして血も出ていない。

遥は軽やかに足を速めた。更に、その前を進む男の首にナイフを打ち込む。二人目もすぐに倒れ込んだ。

充足感だけではない。この瞬間に喜びすら覚える自分を、遥は闇の中で凝視する。

あたしは化け物だ。あんたたちの作った化け物なのだ。

深追いは禁物だった。遥はそれ以上は進まず、すんなり闇の中に撤退する。

寮の中を確認していた男たちは、人数が減っていることに気付いて戻ってきた。

倒れている人影に愕然とする様子を見て、遥は一人ほくそ笑む。

「おい、どうした!」

「やられてる」

「まさか。信じられん、いつのまに」

闇の中で、恐怖に満ちた囁きが聞こえる。

そうだ、恐怖を感じるがいい。本来人間の生きるべき世界でない闇の中で、見えない誰かがナイフを振ることを恐れるがいい。自分たちが作り出した化け物を、恐れるがいい。あたしはみんなが作った化け物なのだから。

闇の中を泡を食って逃げ出していく男たちを見送り、遥は食堂の方に歩き出した。

あちこちで戦いが始まっている。パン、パン、ダダダ、と銃声が闇を切り裂く。

もっと獲物を。何人一撃で殺せるか数えてやる。

遥は爽快な気持ちで小走りに夜の底を移動した。

「ルカちゃん！」

遥はハッとした。

恵美子の叫び声が聞こえてきたのである。

「ルカ！　ルカちゃん！　どこにいるのっ」

必死の形相で、恵美子が大声を上げて苑内を駆け回っている。爆発に銃撃という、相次ぐ混乱の中で、彼女はパニックに陥っているのだ。今また、彼女の中では歳月が巻き戻されている。目を放したすきに、また娘を失うのではという恐怖に心をつかまれているのだろう。

その声は絶望に溢れていて、耳にするのが切ないほどだった。

遥は胸のどこかがずきんと痛むのを感じた。

あんなに大声を上げて走り回っていては、闇に潜んでいる敵に撃って下さいと言っているようなものだ。

遥は焦った。

このままでは彼女が危ない。『ZOO』は子供たちの巻き添えも辞さない。彼女だって殺されてしまうかもしれないのだ。

遥は恵美子の姿を探した。髪を振り乱し、中庭をさまよう女の姿が目に入る。

「ここよ」

遥はパッと恵美子の前に飛び出した。

「おお」

恵美子は安堵で泣き笑いのような顔になり、よろけるように近付いてくると、遥を強く抱き締めた。胸いっぱいに広がる懐かしい匂い。遠い昔に嗅いだ母親の匂い。

遥は一瞬目を閉じた。そう、あたしはこの匂いを知っている。恵美子が持っているその匂い。

そうだ。これは、遥が長年親しんできた、血の匂いだ。

首筋がひやりとする。

恵美子が遥の首筋にナイフを当てていた。

心はやけに透明だった。こうなることをずっと前から知っていたような気がする。

「驚かないのね、あたしが『ＺＯＯ』だと知っても」

恵美子は静かな声で囁いた。

「知っていたわ」

「いつ？」

「あたしの部屋に忍んできた時。あの時もこうして抱き締めてくれた。あたしには分かるのよ。人を殺している人は、血の匂いがする。一生消えることのない匂いがね。あなた、あの時もナイフを持っていた。これまでも何度か使っているそのナイフね？　ナイフに残っていた血の匂いを感じたわ」

恵美子の身体からわずかに力が抜けた。

「分かっててなぜ、こうして飛び出してきたの？」

その問い掛けには答えず、遥は質問で返した。

「子供の話はほんとなの？」

「本当よ。あなたを見た時は本当に驚いた。恵以子《えいこ》が蘇ったのかと思ったわ。あなたを娘の生まれ変わりのように感じていたのは嘘じゃない。あの晩、あなたを始末するためにあなたの部屋に行ったけれど、あの時の涙も嘘じゃない」

「油断したわ、まさか五年もここに通ってる人が『ＢＵＧ』だなんて」

「ここにはいずれ伊勢崎博士が現れるんじゃないかと張っていたのよ。この聖心苑の最大のスポンサーは博士だから」

二人は親子のように抱き合い、囁き合っていた。見た目には、美しい、情愛に溢れた光景だった。知らない人が見たら、きっとそう思ったことだろう。

「そうか、拉致してデータを取るんじゃなくて、やっぱり始末するのね」

遥は淡々と呟いた。

恵美子はゆっくりと左右に首を振る。

「本部の命令は拉致だったわ。あたしが決めたのよ。あなたを始末すると」

遥は恵美子の顔を見た。そこにあるのは、母親の顔だった。記憶の中の、顔を血まみれにした母親の顔を思い出す。

「あたしがこの手で、恵以子のように一瞬でこの世から別れさせてあげる。あなたを本部の実験道具になんてさせないわ。このままこの世でひどい目に遭うくらいなら、あたしの手で葬ってやる」

遥は心のどこかが蠢《うごめ》くのを感じた。

これもまた、ある意味では愛情なのだ。ユキオの父親も、妻を殺す時はこんな顔をしていたのかもしれない。

「逃げないの？」

恵美子はどこか傷付いたような目で遥を見た。

遥はむしろうっとりとした目で恵美子の顔を見ていた。それがどのような歪んだ形であれ、これほどの愛情を示されたことなど久しくなかったからだ。父ですら、最後まで遥を自分の研究材料として扱っていたのだから。

「それでもいい」

遥は強い誘惑を感じた。このまま恵美子の腕の中で、一撃で殺されるならば、それはとてつもない幸福なのではあるまいか。

恵美子の目が大きく見開かれた。その大きな瞳が自分だけを見ている。そのことが嬉しかった。遥は自分が微笑んでいるのを感じた。

恵美子の目から、見る見るうちに涙が溢れてくる。

「ルカ」

恵美子が低く囁き、大きくナイフを振り上げる音が耳に響く。

「ルカ、伏せて！」

その刹那、有無を言わせぬ大声が後ろから響いた。

恵美子がハッと顔を上げる。

遥は自分が恵美子に突き飛ばされたのを感じた。地面に転がりながら、声のした方角に向き直る。

離れたところに高橋シスターが立っていた。

両手に機関銃を構えている。

「たかはし、しすた」

遥はあっけに取られた。彼女は明らかに、修道女に不似合いなその火器の操作に慣れていたからだ。

チャッ、という音がして、遥は我に返る。

「待って」

慌てて叫んだ遥の声は激しい銃撃音にかき消された。シスターは歯を食いしばり機銃掃射の反動に耐えている。遥は恵美子を振り返った。

恵美子の身体が、連続して全身に撃ち込まれる弾丸に激しく躍っている。

胸に、首に、腹部に、血が噴き出す。

おかあさん。

遥は心のどこかでそう叫んでいた。

恵美子が手に持っていたナイフが落ち、続いて身体がドウと倒れた。

おかあさん！

遥は声にならぬ言葉で叫んだ。

「ルカ、大丈夫？」

青い顔をして高橋シスターが駆けてくる。

「う、うん」

遥は呆然と呟き、目の前に横たわっている恵美子を見た。即死だったろう。彼女は一瞬にして娘のところに行ってしまったのだ。

あたしを置いて。

遥はその時、地面が沈み込むような孤独を感じた。手を伸ばしても触れるものは何もない。虚空《こくう》の闇に、全てが吸い込まれていく。

本当に、あたしは一人ぼっちなのだ。

遥はその刹那、空恐ろしいほどの絶望を味わった。

腰を抜かしていると勘違いしたのか、高橋シスターが近付いてきて遥を助け起こした。遥は立ち上がった瞬間に、感傷を振り切る。が、心のどこかに激しい痛みを感じた。

「シスター、その格好」

遥はまじまじと高橋シスターの手に持っている機関銃を見る。

「え？　久しぶりにこんなもの振り回したらあちこち痛くてたまらないわ——やっぱり、彼女が『ZOO』だったのね。彼女がナイフを取り出すまでは、どうしても確信が持てなかったの。彼女だけは分からなかった」

シスターは横たわっている恵美子を冷ややかな目で見た。

遥は目を背けた。ふと、武装したシスターたちが苑内を駆け回っているのが目に入る。

「ここは、いったい」

遥はシスターを見上げた。こうして見ると、やっぱりいつものシスターだ。

「博士が作った、『ZOO』に抵抗する組織の一部よ。規模はまだまだ『ZOO』に敵《かな》わないけどね」

「じゃあ、あたしのこともみんな知ってて」

遥は言葉を濁した。

シスターは表情を和らげる。

「ええ。みんな博士を尊敬しているから。あなたのこともみんなで一生懸命守っていたのよ」

「子供たちは？　さっき、寮が襲撃されたわ」

「大丈夫、早い時間にみんな違う場所に移動させておいたの。最初に奴等が寮を襲うのは分かっていたから。申し訳ないけど、あなたは餌として残って貰ったわ。あなたがやられるはずはないと分かっていたけど、不安だった」

シスターは遥の頭を撫でた。その優しい手の感触が、なぜかまた遥の胸を刺した。

闇の底に転がっている恵美子の死骸が脳裏に浮かぶ。

「状況は？」

「こっちの優勢よ。さすがにこれだけ武装して待ち受けているとは奴等も思ってなかったらしくて、ほぼ殲滅《せんめつ》状態じゃないかしら」

二人は銃撃戦の続いている丘の上に耳を澄ませた。

血が流れている。尽きることのない、争いの血が。

遥は闇の中に血の匂いを嗅いだ。いつまでこの匂いを嗅ぎ続けなければならないのだろう。

「それにしても、オーガスタの威力は凄いわね。闇の中では、犬にかなわないというのは本当だわ」

やがて銃声が止んだ。

辺りにざわざわという人の動き回る音がする。どうやら、戦いは終わったらしい。

遥はシスターと一緒に丘に向かって歩いていった。

冷たい風が丘を吹き抜け、血と硝煙の匂いが澱《おり》のように立ち込めていた。

神崎が丘の上で銃を持って立っている。

「あまり時間がない。早く後片付けをしなくては。今日は朝早くから客がケーキを買いに来るんだからな」

遥は、目の前の光景のあまりの現実感のなさに愕然とした。エプロンを着けた修道女たちが、黒ずくめの男たちの遺体を運んでいる。無力感、寂寥感、そして、恐怖。

自分の知らないところで、世界は否応なしに動いているのだ。あたしが望むと望まないとにかかわらず、血は流される。

その瞬間、激しい憎悪を感じた。自分に血を流させる『ZOO』。恵美子を死に追いやった『ZOO』。

焼き尽くせ。全て。

父の声が再び聞こえてくる。

「アレキサンダー！」

遥は闇に向かって叫んだ。

瞬時にして、大きなコリー犬がほんの一回のステップで丘を越えて飛んでくる。

「なるほど、やっぱりこれがアレキサンダーか」

神崎がしげしげと遥に尻尾を振るコリー犬を見る。

「言われてみても分からないな。どう見てもコリー犬だが」

「犬に特殊メイクをするのは初めてだとメイキャップの人が言ってたわ。でも、アレキサンダーは目立つから、シェパード犬を探されたら真っ先に見つかってしまう」

遥はアレキサンダーの頭を抱き締めた。

ほんの一瞬、泣きたい気持ちを込める。

アレキサンダーは当惑したように尻尾を振った。

今だけよ、アレキサンダー。すぐに立ち直るわ。

「ああ、もう夜が明ける」
神崎が顔を上げて海の方を見た。シスターたちも顔を上げ、そちらに目をやる。
ほのかに東の空が明るい。
遥はアレキサンダーを抱き締めたまま顔を上げなかった。
海は静かだった。何もなかったかのように、柔らかな潮騒を奏でている。
さよなら、ユキオ。さよなら、おかあさん。
遥はアレキサンダーの頭に顔を埋めたまま、何度も心の中で繰り返し続けた。

VOLUME 3　化色《けしき》（前編）

その団地に人食い犬の噂が流れ始めたのは、例年になく厳しい冬がようやく終わりに近付いた、二月も末のことだった。

巨大な団地群は、海沿いの高台にある。

遠く東京湾を囲む灰色に濁った都市の最前線を望み、背後では首都圏に一番近い工業地帯がくすんだ息を吐き出し続けているその風景は、高度成長時代の一コマとして、既にセピア色がかった過去の眺めになりつつある。

ダイニングキッチンという響きが憧れと共に囁かれた時代は終焉《しゅうえん》を迎え、当時の突貫工事と酸性雨によって予想より遥かに早く老朽化の進んだコンクリートの建物は、どこか丘の上にひっそりと並ぶ墓標の群れに見えないこともない。

「ニュータウン」という名前を戴《いただ》く団地のご多分に漏れず、住人たちは高齢化が進み、櫛の歯が欠けるように次々と都心や郊外に住む子供たちの下へ引き取られてゆき、夜の明かりの数も減る一方である。やがて、近年、通路の天井や階段の一部が剝落《はくらく》を始めたのをきっかけに、ついに全面的な取り壊しが自治体によって決定されたのは一年前のことだった。まだ行き先の決まっていない数世帯を除き、ほとんどの住民は引っ越しを済ませ、一部では解体工事が始まっている。一つの丘陵を占める巨大な団地群だっただけに、夜の暗さは異様なほどで、むろん誰もそこには近寄らなくなった。

そんな矢先、人食い犬の噂がどこからともなく発生したのだった。

出所は、どうやら近くの小学校に通う子供たちの間らしい。

無人の団地は、都市に思わぬ異空間を出現させた。最初、浮浪者や暴走族が溜まり場にしているという噂が流れ、自治体はその一帯に有刺鉄線を張り、侵入を禁止した。だが、それはそうなったら嫌だという付近の住民たちの恐れが生み出したもので、実際にはそのような事実はなかったようだ。

昔の団地だけに建物どうしの間はたっぷり取ってあり、広い公園は近隣の子供たちの格好の遊び場だったので、立ち退きが済んでからも幾つかのグループがそこに入り込んで遊んでいた。すると、管理者がいない公園に来る子供たちを狙って変質者が出没するという噂が流れた。これも実際に事件が起きたというわけではなく、目付きのおかしい若い男が公園でうろうろしていたとか、黒いジャンパーを着た男がじっと子供たちが遊ぶのを見ていたのを見た、という真偽も定かではない小さな目撃証言が積み重なってのことで、被害に遭った子供が存在したわけではなかったらしい。

子供たちが公園に行かなくなり、解体工事が開始されてからはそんな噂も立ち消えになっただけに、人食い犬の噂は唐突だった。それまではもやもやとした影でしかなかったものが、突如くっきりとした輪郭をもってその地域に現れたのだった。


ことの始まりは、子供たちが飼育しているウサギ小屋からウサギが姿を消したことである。小動物を攻撃する悪質な悪戯が世間に横行していることは、新聞やＴＶのニュースで聞いてはいても、ここの小学校ではそれまでそんな事件とは無縁だった。子供たち及び教職員によるウサギの飼育の管理は自主的でしっかりしていたため、外部からの侵入が真っ先に疑われた。

が、外部の人間の犯行にしては、それはかなり奇妙だった。

ウサギ小屋は鉄の柵にスレート葺《ぶ》きの屋根を載せ、金網で囲まれていた。誰かがウサギに危害を与えるためにこの小屋に侵入するのであれば、扉の鍵を壊すか、金網を切るかに手段は限られている。侵入者は金網を破壊する方を選んだ——そして、それはまさに破壊としか言い様のないものであった。金網は、尋常ならざる力で破られていたのである。そのあたりの金物屋で売っている工作用の鋏《はさみ》で容易に切れるような金網を、侵入者はわざわざ体当たりし、力を加えて破ったのだった。

現場を見た警官も首をひねった。なんでわざわざこんなおかしな侵入の仕方をしたのだろうか？

やがて、付近を詳細に調べた結果、犬と思われる動物の毛が金網のところに多く発見されたことから、がぜん話は奇妙な方向へ向かった。調査の結果からは、かなり大きく体力のある犬が猛然と金網を押し破ってウサギたちを襲ったということになるからである。それほど凶暴で巨大な犬が、こんな住宅街に突如現れたというのは俄《にわか》には信じがたい話だった。むろん、これまでそんな犬が目撃されたことはなかった。廃屋となった団地の中を野良猫の群れがうろちょろしているが、野犬がいたらもっと目立つはずだ。

その矛盾を解決する説明として、心を病んだ人間が飼い犬をけしかけて金網を破ったのだ、という話が浮上した。自分では金網に触れず、わざと犬に破らせたのだと。それは、とりあえず納得できる説に思えた。腑《ふ》に落ちない何かを感じつつも住民たちがその説に落ち着きかけた頃、次の災難を被ったのはその野良猫たちであった。

団地の解体は、潮風をまともに受け、最も崩落の危険が高かった東側の棟から開始されていたが、ある朝、業者が次の棟にかかろうとした時、大量のカラスが棟の非常階段の上を舞っていることに気付いた。

都市でカラスがいるところ——それは、生ゴミのある場所である。

業者は何の気なしにそこに近付いていった。誰かが生ゴミを不法投棄したのではないかと頭の片隅で考えていたのである。だが、彼はそこで生ゴミよりもひどいものを見ることになった。

非常階段には、ぱっくり開いた喉から大量の血を流した数十匹の野良猫の死体が点々と捨てられていたのである。

一匹ならともかく、数十匹の猫の死骸は男たちを震え上がらせた。先のウサギ小屋の件を聞いていたこともあって、警察がやってくることとなる。

猫たちの死体には、やはり巨大な動物の影がまとわりついていた。階段には太い犬らしきものの毛が落ちていたし、猫の傷は刃物ではなく、明らかに動物の歯によって噛み切られたものだったからである。

しかし、奇妙なことに、猫たちの殺戮《さつりく》現場はここではないようだった。別の場所で殺され、ここまで運ばれてきたと判明した。

殺戮者である動物の背後に人間が存在するということは、ここで初めて明らかになった。猫たちはかなりの血を流していたが、血はどれもみな階段の下でとぎれていた。犬が銜《くわ》えてここまで運んできたのならば、更に点々と血の染みが続いていてもおかしくない。つまり、誰かが車か何かでここまで来て猫たちを捨てていったのだ。猫を殺したのは犬かもしれないが、猫の死骸を運んできた誰かがいる。

どちらにしても、おかしな事件であることには変わりなかった。化け物じみた巨大な犬と、その犬を操る人間。廃墟となった団地に咲く徒花《あだばな》にしては、やけに怪奇色の強い都市伝説である。

それからほどなく、人食い犬が出るという噂が流れ始めた。

団地を囲むようにして、戸建ての住宅地が広がっていたが、噂はそこを発信源としているようだった。件《くだん》のウサギ小屋を持つ小学校に通っている子供たちは半数以上がそこの住民だったせいもあるだろう。金網を力ずくで押し破り、野良猫の喉笛を驚異的な顎で嚙み切る巨大な犬。

ある主婦が、庭に巨大な犬が入り込んでいるのを目撃した、という噂があっというまに伝わった。昼間家にいる主婦たちは戸締まりに注意を払い、サッシュの向こうに見える飼い犬の影にぎょっとした。犬には犬をというわけなのか、かえって犬を飼う家庭が増加していたのである。

にもかかわらず、噂ばかりが先行して、実際にそれらの殺戮の犯人と思われる巨大な犬の具体的な目撃例は一件もなかった。最初の事件のウサギの死体も見つかっていない。いよいよ「見えない巨大な犬」は都市の変遷が生み落としたフォークロアになったかと思われた。ところが、そんな折、ついに動物に喉を食い切られた人間の死体が見つかったのである。

土曜日の早朝。

柔らかな陽射しはもう春のものだが、時々吹き付けてくる風はぎくりとするほど冷たい。ジョギングをする中年男や、犬を連れて散歩する老人にも、週末の朝特有ののんびりした安堵が漂っている。

有刺鉄線で囲まれ、解体工事が進む巨大な団地群と工場地帯とは、一本のゆるやかな川で隔てられている。護岸された土手にも、目に鮮やかな緑が少しずつ縁取りを増やし、確実な季節の変化を感じさせる。

早春特有の、色の薄い青に抜ける空に、単色のデッサン画のような工場からたちのぼる灰褐色のけむりが音もなく溶けていく。

土手をのんびりと歩いている親子連れ。

夫婦と幼い少女が一人。いかにも平凡な家族連れだ。ぽっちゃりとした母親は娘と楽しそうにお喋りをしながら歩いているし、その後ろを欠伸《あくび》をしながらズボンに両手を突っ込んでだらしなく猫背で歩いている父親はまだ眠気が残っているようである。

白いタートルネックのセーターに灰色のフリースを着た少女は、土手に咲く小さな花を目に留めてその場にしゃがみ込んだ。母親もそれに気付いて、笑みを浮かべつつ一緒にしゃがみ込む。父親はくしゃくしゃの頭を掻きながら、二人の横に立ち止まって花を覗き込んだ。

が、よく見ると、三人の目は笑っていない。花を見ていたはずが、何かにじっと耳を澄ませている。

父親の着ているカーディガンの胸ポケットに小さなラジオが入っていて、そこから流れてくる声に耳を傾けているのだ。

「――港西ニュータウンの解体工事現場近くで見つかった若い男の遺体の身元は未だ手掛かりがなく、所持品が全くないため誰かが持ち去った可能性もあるということです。年齢は三十歳前後、身長百七十五センチ、体重約八十キロ。遺体には動物に襲われたと思われる傷があり、警察では付近で飼われている動物を調べており――」

「――この付近では、昨年暮れに十数匹の猫がやはり動物に襲われたと思われる傷を受けて死亡、放置されるという事件が起きていて、放し飼いになった野犬がいるのではないかという噂が広く流れ――」

「――今回の事件との関連を調べ、保健所とも連絡を取って大掛かりな捜査を――」

ニュースが終わり、神崎貢はカチリとラジオのスイッチを切った。

「どういうことだ?」

その目には当惑と混乱が浮かんでいる。

彼を見上げる高橋シスターと伊勢崎遥の目にも、同じ色が浮かんでいた。

「アレキサンダーじゃないわ」

高橋シスターが声に不快さを滲ませて言った。神崎は乾いた小さな笑い声を立てた。

「そんなことは分かってる。だが、アレキサンダー並みの犬がもう一匹いるということは事実だ」

「犬だけじゃない。恐らく、その後ろには犬を操るハンドラーがいるはずよ」

遥が低く呟いた。

ハンドラー。ふと、一緒にオシロイバナの種を集めた男の姿が脳裏を横切る。まさかね。あの男はもう死んだはず。

遺体は見つからなかったという。

少なくとも無傷で済んだはずはない。

自問自答を繰り返し、遥は風に揺れる薄紫色の可憐な花に視線を落とした。胸の中にわだかまる得体の知れない不安は収まらない。

「本当にただの野犬ってことはないのかしら？　捨てられた犬はいくらでもいるでしょう。中には大型犬だっていっぱいいるはずよ」

高橋シスターは遥の頭を撫でながら反論した。神崎は無表情に首を振る。

「だったらなぜ姿を見せない？　ペットだった犬なら人間には慣れている。姿を隠す必要はない。それに、殺された動物たちは、皆一撃で喉を噛み切られていた。明らかに訓練を受けた動物だ」

「『ZOO』の仕業だと?」

とうとう高橋シスターは溜め息のように呟いた。

「なぜ『ZOO』が猫を殺すの? 彼等は目立たないのが身上《しんじょう》じゃないの。わざわざこんな騒ぎを今ここで起こすのはなぜ?」

「それが分からないから苛つくのさ。何か目的があって事件が起こされてるのか。それとも何かの事故なのか。たまたま反社会的な人間が自分の犬を殺人犬に訓練して、騒ぎを起こしてるんならいいんだが」

「良くはないわよ」

「俺たちにとっては、その方がよっぽど有り難い。『ZOO』が俺たちがここにいると知ってて挑発してるんじゃないと証明してくれるんなら、枕を高くして眠れるからな」

遥がスッと立ち上がり、ぱっと土手を駆け始めた。

「あら」

高橋シスターが遥の行く手の先に目をやる。

小柄な老人が、大きなコリー犬を連れて歩いてくる。

「おはよう、ハルちゃん」

「おはようございます」

コリー犬が無邪気に飛び付いてくる。

あんたじゃないわよね、アレキサンダー。

遥はコリー犬に偽装したアレキサンダーをぎゅっと抱き締める。

「ルルはずっと家にいましたよね？」

神崎が老人に向かって話しかける。

「もちろん。ずっと私と一緒にいたし、夜は家の中で寝ている」

老人は声をひそめた。彼もニュースを気にしていた。

アレキサンダーは『ルル』という名前で、同じ町内に住むこの老人に飼われている。こうして朝の散歩で互いに情報交換をしているのだ。

「何か気付いたことがあったら連絡を。くれぐれも用心して下さい」

「分かった」

会話の緊迫感とは裏腹に、老人と神崎たちはにこやかに別れる。

『ルル』は普通の犬らしく、さりげなく尻尾を振った。自分が演技しているということをちゃんと知っているのだ。


聖心苑を出た遥は、神崎と高橋シスターと三人で親子を装ってこの町に転入してきた。彼等の住まいは、一階部分が商業施設になっていて、割と住民の出入りの多いターミナル駅近くのマンションである。法人名義になっている部屋も少なからず含まれており、角部屋の彼等の部屋の隣は司法書士の事務所で、夜は無人だった。入居者たちはほとんど没交渉であり、皆隣人に興味を持っていない。

傍目《はため》には、ごく平凡な家族に見えただろう。けれど、もしこの家族をじっくり観察する人間がいたら、些《いささ》か奇妙な印象を受けるかもしれない。ちょっとだらしない感じのするひょろりとした父親は、普通の勤め人ではないらしい。不規則な時間にちょくちょく出かけていっては、不規則な時間に帰ってくる。おっとりした感じの母親は、専業主婦らしい。ほとんど家にいるし、あまり遠出もしない。そして、小学生くらいの一人娘が学校にも行かず、ずっと家にいることに気付いただろう。この家族が、自分たちをごく平凡な家族に見せかけつつ、目立たぬようにひっそりと過ごしていることに気付くには、相当注意深い人物でなければならないはずだ。

実際、彼等はかなり用心深かった。娘はこの年齢の子供が学校に行っているであろう時間には絶対に外に出なかったし、ドアは管理人の知らぬうちに頑丈な鍵が数個付け加えられていた。彼等がこの部屋を選んだのは、隣が夜は無人になるからだけでなく非常階段も近いからだった。一階には飲食店も入っているし、外は遅くまでかなり人通りが多い。誰かが侵入しようとすれば人目に付かない可能性は低い。

週末は、比較的おおっぴらに外出できる唯一のチャンスだった。三人で歩いていても不審に思う者はいない。特に重要な話題は、こうして早朝の土手を歩きながら話し合うことが多かった。マンションではいつ何時盗聴されているか分からなかったからだ。

「それで、苑長はなんと言ってるの？　ルカの受け入れ先は決まった？」

高橋シスターが神崎に尋ねる。

「候補は絞られたと言っている。もう少し待ってくれと。準備がまだ必要だし、奴等がどこまで突き止めているかにもよる」

神崎は煙草を銜《くわ》えながら呟く。彼は、情報収集と連絡に動き回っていた。

遥はじっと足元の土に意識を集中させながら歩いていた。春を間近に控えて、こころなしか土も柔らかく水分を含んでいるように感じられる。朝の清々《すがすが》しい陽光に、小さな自分の影がくっきりと後を追いかけてくる。

遥は春の匂いを嗅ぐ。

抑制し、極力ほとんどの匂いを自発的にシャットアウトしているというものの、工場から吐き出される化学物質の匂いや、団地の解体工事で舞い上がる粉塵の匂い、川の水の匂いや土手の草から萌え立つ匂いは、鮮明に彼女の鼻を刺激していた。

慣れてはいるというものの、外を歩いているとあまりの匂いの多さに、時として呆然としてしまう。

それはまるで世界が怒濤のように彼女の中に流れ込んでくるようで、そう自覚した瞬間、彼女は巨大な波に飲まれたかのようにかすかなパニックに陥ってしまう。

そして、彼女はどこかに自分の血の匂いを嗅いだような気がして、なんとも絶望に近いような不愉快さを覚えていた。

身体の小さかった遥は、最近初潮を迎えていた。その事実は彼女を憂鬱にした――彼女は、今の自分が不安定であることを感じていた。それまでは、彼女は聡明な子供に過ぎなかった。恐るべき子供。利発な子供。ある時期の子供の中にある神や悪魔に近いような真実だけが彼女を満たしていて、彼女はそのことに満足していた。しかし、彼女は今自分が別の生き物に変化しつつあることを感じていたのだった――人間というもの、女という生き物に。

彼女は既にさまざまな書物や論文から学んでいた。異常な能力を持った子供は、思春期を迎えると思いもよらぬアクシデントを引き起こす可能性があるということを。

これから自分が第二次性徴を迎え、身体が変化していく時に何が起きるのか考えると遥は恐ろしくなった。自分の能力はどうなるのだろう？　自分はいったい何になるのだろうか？

遥は足元で揺れる小さなたんぽぽを見つめた。

パラパラと、跳ね上がった小石がスニーカーにぶつかってくる。

うん？

遥はふと歩みを止めた。

小石はぱたりと一斉に地面に落ちた。

なんだろう、今の。

『ZOO』の日本支部は殲滅できたのかしら?」

高橋シスターの声に引き戻される。

目の前に、銃弾の衝撃に躍る恵美子の姿が蘇ったような気がした。

脳裏が真っ赤に染まったように思えて、遥は激しく瞬きをする。

あの凄まじい銃撃戦から一夜明けて、シスターたちが何事もなかったかのようににこやかにクッキーを売っているさまを見た遥は、まるで狐につままれたような気分だった。

聖心苑はいつも通りの朝を迎え、クリスマスの菓子を求める遠来の客をいつも通りにもてなした。あの銃撃戦で破壊された箇所は夜半の突風のためと説明され、すぐに業者が大挙してやってきて修理にかかり、大晦日までには復旧された。明らかな銃砲の痕跡にも、誰も何も言わなかった。『ZOO』という組織の巨大さ不気味さは彼女も十分理解していたつもりだったが、それに抵抗するこの名前すら知らぬ組織も、負けず劣らず強大な力を持っているらしかった。それがどのような仕組みで、どのような成り立ちであるのかは遥にとってはあまり興味のないことだった。現に自分はこのように存在し、アレキサンダーも存在している。現に自分は『ZOO』に狙われ、父はこの組織に自分を守ることを委託した。とにかく自分は生き延びていかねばならぬ。彼女にとっては、そのシンプルな事実だけが全てだったのだ。

「分からない。かなりのダメージを与えたことは確かだがね」

神崎は不機嫌な表情で首を振る。

遥は振り返って二人の顔を交互に見た。

「ねえ、アレキサンダーに、その犬を探させることはできないかしら？」

遥の提案に、神崎と高橋シスターはぎょっとした顔になった。

このごみごみした町に平凡な家族としてようやく溶け込んだかと思えた頃、突如廃墟となった団地群に現れた『人食い犬』の噂は三人を緊張させるに十分な話題だった。その犬の示す能力はアレキサンダーの潜在的能力に酷似している。たまたま潜伏に選んだこの町にこんな噂が流れたこと自体を『ZOO』の操作かと疑ったのも、常に猜疑心に満ちた生活を送っている彼等にとっては自然なりゆきだった。それにしては奇妙な点が多いことも事実であるが、ついに死者が出たとなっては見過ごすことも難しくなっていた。

「それは危険過ぎる」

神崎は即座に反対した。遥は不満そうな顔になった。

「どうして？　このまま放置するわけにはいかないわ」

「それが奴等の目的かもしれない。俺たちが動き出すのを待っているのかもしれない」

「やはりこれが『ZOO』の仕業《ごう》だってこと？」

「そうだ。これまでのやり方に業を煮やして、積極的におびき出す作戦に変更したのかも」

「なんでそんなことをする必要があるの？　あたしたちをおびき出すってことは、あたしたちの居場所をもう『ZOO』が突き止めてるってことでしょ？　わざわざ『人食い犬』なんか出没させなくたって、直接あたしたちのマンションを襲えば済むことじゃない。あんな予告をしたら、あたしたちが警戒してしまう。何も知らせずに不意を突いた方がよっぽどいいはずだわ」

遥の筋の通った反論に、神崎は黙り込んだ。

「じゃあ、もしかすると」

高橋シスターが静かに口を開いた。

「奴等はあたしたちのいる場所を知らないのかもよ。日本支部は殲滅して、『BUG』の情報も錯綜している。『BUG』も詳しい情報を入手できず、どうやらこの辺りに住んでいるらしいという漠然とした情報だけを持っている。それを確かめるために、『人食い犬』を出没させたというのは？」

「つまり」

遥は冷めた声で言った。

「実際に『人食い犬』は存在しているってことよね。あの猫や若い男の死体が人為的なものでなく」

疑似親子は黙り込み、のろのろと土手を歩いていた。その姿は、何かちょっとした深刻な相談ごとをしているみたいだった。日々若い家族の中に発生する問題や、細々《こまごま》とした悩みごとを。

「博士は」

神崎が言葉を選びながら慎重に尋ねた。

「臨床実験に入る犬を何頭準備していたか覚えてるか？」

遥は唇を舐めながら記憶を辿る。

「パパは、本当にきちんとした臨床実験ができるのはアレキサンダーだけだと言っていたわ。アレキサンダーの兄弟も実験には参加させるつもりだったけれど、フィードバックが成功したのはアレキサンダーだけだったと。あとは失敗したと。パパが実験した時は、フィードバックの成功率は十七パーセントくらいしかなかった――でも、あれから何年も経っているし、パパの研究の残りの部分から他の研究者がフィードバックの方法を完成させたとしても不思議じゃない。少なくとも、途中までは共同研究だったわけだし」

だが、遥の意識はその事実を認めるのを拒否していた。アレキサンダーのような犬が他に存在するなんてこと。そしてその犬が、殺人兵器として使用されていることを。そんなことが許されていいはずがない。

一方で、彼女はその感情が矛盾していることにも気付いていた。

あんただってアレキサンダーを殺人兵器に使っているじゃない？　自分の殺しの手先に使って、何の罪もないアレキサンダーを血にまみれさせているのはあんたじゃないの？　そんなあんたに怒りを覚える資格があると思ってるの？

遥は頭痛を感じた。

このところ、時々こういう変な痛みを感じる。こんな時、自分がひどく不安定になったような気がして怖くなる。自分の意識が自分の知らないところで増大していくような。自分が自分でないものに少しずつ変化していくような、そんな感じなのだ。

こんなふうに迷うこと自体が彼女にとって困惑の種だった。自分の命を守るために何人も人を殺してきたことに、ためらいはなかった。少しでもためらえば、自分がやられる。切り刻まれて実験材料になってしまう。そのことに対する恐怖は、彼女の迷いのない抵抗の原動力となっていた。両親を失い、逃亡の生活を送る歳月は彼女に生存のための本能を尖らせた。だが、彼女はそのことを疑いつつある。迷っている。アンバランスになっている。そういう状態にある自分を、忌ま忌ましく感じ信用できなくなっているのだ。

「アレキサンダーなら見付けられるわ」

「それはそうだろうが」

重ねて遥が言うと、神崎は迷っているような声になった。

アレキサンダーは並の犬ではない。嗅覚一つをとってみても訓練を受けた警察犬を遥かに凌駕する能力を持っているのだ。確かに彼の追跡能力をもってすれば、『人食い犬』の行方を突き止めるのは不可能なことではないだろう。

「警察だって動いているんだ。ここはまず捜査の行方を注意して見てみよう。警察が犯人を見付けてくれるにこしたことはない」

それまでじっと考え込んでいた高橋シスターが初めてこっくりと頷いて同意した。

「そうね。あたしたちが警察に目を付けられるわけにはいかないし。なるべく目立たないようにニュースを集めるわ。苑長にも、どこかから捜査の情報が入らないか頼んでみる」

遥の申し出は、その言葉にいったん打ち切られた形になった。

「さ、帰ろうか」

神崎が大きく伸びをすると、誰に言うともなくのんびりと呟いた。

遥は、春の空に溶ける工場の煙突のけむりをじっと見つめている。


それは、やけに蒸し暑い火曜日の夕方のことだった。

昨日は冬に逆戻りしたかのように肌寒かったのに、その日は朝から汗ばむような暖かさで、ずっと窓を開けたままにしていた。

ここでの遥の一日は、判で押したかのように単調なものである。

早朝起きて朝食を摂り、家の中で筋力トレーニングや柔軟体操をする。それには時々神崎や高橋シスターも加わったが、一見体力のなさそうに見える二人が実はかなり頑強であることに遥は驚いた。この二人を遥に付けたのは、単に容姿や年齢が家族を装うのにちょうどよいからだけではないということに、今更ながらに気付かされる。

神崎はメールや電話で連絡を取り、何も言わずに出かけてゆく。その間、二人で家事をこなしながら遥は勉強に専念した。

既に彼女は父を家庭教師として大学の一般教養クラスまでは済ませていたので、本を読んだりインターネットで論文を読んだりしている。高橋シスターは、遥に経済や金融の仕組みを教えてくれた。彼女は聖心苑の資産運用を担当しており、かなりの利益を一人で稼ぎ出していたのだ。ネット上での取引は匿名性が高く、遥が将来一人で生きていくことになった時にもその知識と経験は役に立つはずだと、彼女は遥に実際に取引をさせた。

不思議な人だ。遥は、到底マネーゲームなど縁がなさそうに見える、この善良そうな女性を観察する。おっとりとして涙もろい彼女が、機関銃を構えて一瞬の躊躇《ちゅうちょ》もなく恵美子を撃ち殺したことを、遠い夢のように思い出す。そのことに関して、今ではなんの感情も起きなかったが、あの時の女が迅速に市場を分析してテキパキと指示を出すこの女性と同一人物であり、しかも同時に信心深い女性であることが時々信じられなくなる。

朝晩、もしくは食事の度に神に祈りを捧げる高橋シスターをしげしげと眺めていると、彼女はうっすらと笑みを浮かべた。

おかしい？　こんなあたしが祈りを捧げてることが？

気持ちを見透かされていたことに、遥はどぎまぎして言葉を詰まらせた。

こんなあたしだからこそ、神が必要なのよ。こんな罪深いあたしだからこそね。

その言葉には、ひどく真摯なものが含まれていて、遥は胸を突かれた。高橋シスターがどんな過去を持っているのかは知らなかったが、彼女もまた自分と同じような地獄を隠し持っていることは間違いなく、だからこそ神を必要として祈るということに納得させられたのだった。それ以来、遥は一緒に祈りこそしなかったが、高橋シスターが祈る姿を共感を持って見つめるようになった。

神崎と高橋シスターが二人とも留守にしていることはあまりなかった。二人がそうならないようにスケジュールを調整していたこともあるのだが、この日はどうしても出かけなければならない用事があって、夕方の蒸し暑い部屋に遥は一人で残されていた。

そよとも風がなく、色あせるように暮れていく３ＤＫの部屋。高橋シスターと遥は奥の和室で眠り、神崎はパソコン機器が置いてある四畳半の板の間にあるソファベッドで寝ていた。その場所は誰かが玄関から入ってきた時に、死角になる位置にあったからである。

遥は本を読むのにも飽きて、窓の外のオレンジ色の空に浮かぶ電線のシルエットをぼんやりと眺めていた。二十センチほど開いている窓から、駅前の商店街の喧騒がさざなみのように忍び込んでくる。

いつまでこんな日々が続くのだろう。

遥は疲労と共にそんなことを考えていた。単調でありながら、生命を脅かされている毎日。いつ覆されるか分からない生活。この日々を懐かしく思い出すことはあるのだろうか。あれが最後の安らかな日々だったと思い起こすことになるのだろうか。ただ単純に遥はそれを知りたいと思った。

喉の渇きを覚え、遥は立ち上がって冷蔵庫を開けた。

牛乳パックを取り出そうと手を伸ばした瞬間、また不意に頭痛に襲われる。

痛みと同時に、何かが弾けたような奇妙な感覚を覚える。

痛みよりも驚きの方が勝っていた。文字通り、頭の中で色の付いた火花がスパークしたのを見たような気がしたのだ。

思えば、その時彼女は精神が疲弊し、知らず知らずのうちに気を抜いていたのかもしれない。慢性的な緊張に心が弛緩《しかん》し、いつのまにか五感を引き絞る手綱を緩めてしまっていたのかもしれない。

次の瞬間、ずしんと全身に鈍い衝撃を覚えた。

あれ？

遥は牛乳が揺れるのを見た。それも、牛乳パック越しに。いや、果たしてこれを『見た』というのだろうか。見たというのか、脳裏に映像が映されたというのか。

だが、彼女は確かに牛乳パックの中に七分目ほど入っている牛乳がたぷんと揺れるのを見たのだった。つまり、今感じた衝撃は実際に体感した、物理的なものだったということである。

ゴト、ゴト、と足元に何かが落ちた。

見ると、冷蔵庫の扉に貼ってあった野菜の形をした幾つかのマグネットが床に落ちたのだった。

遥はデジャ・ヴュを覚える。

どこかでこれと似たようなことがあったような。

そう考えかけて、遥はウッと思わず身体を縮めた。

その刹那、彼女は自分の脳目掛けて世界が凄まじいスピードで負荷を掛けてくるのを感じたのだった。

それは、脳が爆発したような衝撃だった。

遥は反射的に自分の脳が飛び散ったのではないかと頭を抱え、悲鳴を上げてその場にかがみ込んだ。蒸し暑かったはずの部屋は一瞬にして冷気を帯び、全ての壁がドラマのセットのようにバタンと同時に取り払われて、ワッと外部の世界が流れ込んできたような錯覚を覚える。

全身の内臓と神経がぐるりと口から裏返しになり、むき出しになって宇宙に放り出されたような心許無《こころもとな》さ、恐ろしさ。

遥は悪寒に全身を震わせながら、キッチンの床で声にならない悲鳴を上げた。隣に聞こえるのを警戒したわけではない。叫ぼうにも声が全く出てこなかったのだ。

まぶたの裏に色彩が炸裂する。どくんどくんという心臓の音が世界の鼓動に重なり、身体が圧倒的な重力で床に押し付けられていく。

あ・あ・あ　呼吸ができない
しかし、それは実際のところほんのわずかな時間の出来事だったらしい。

すぐにシュッと音を立てて全てのものが秩序と本来の速度を取り戻し、元の場所に収まりつつあることを遥は本能で理解していた。

次の瞬間、冷たい床の上でハッと目を開けると、そこはいつものマンションだった。

ゆったりした夕暮れ。肌に蘇るねっとりした汗。窓から入り込んでくる商店街の喧騒。しかし、遥はのろのろと身体を起こしながらもじっと空中の一点を見つめていた。

鈍いオレンジ色に包まれる部屋。キッチンまで西日が柔らかく射し込んでいる。

遥は、やがて少し視線をずらすと玄関のドアに目をやった。

彼女の目は、その鉄でできた灰色のドアを凝視する。まるで、そのドアの向こうが透視できるとでもいうように。

実際、遥の目には何かが見えた。

ドアの向こう側ではない。もっと遠いところ——商店街を抜けた、遠い場所に存在する何かが見えているのだ。さっきの牛乳と同じで、これを見えると形容してよいものかどうか彼女には理解できなかった。感じるという方が正しいのだろうか――だが、彼女は自分の目が、脳が何かを見ているような気がしている。何かおぼろげな像が脳の中に姿を結んでいるように感じる。

あたしはまた『進化』したのだ。

遥は心の中でそう確信していた。彼女はそれを『成長』とは呼ばなかった。彼女の成長は、イコール誰も見たことのない新たな世界なのだから。

彼女は既にその新しい境地をコントロールする力を得ていることを感じていた。頭の中は明るくクリアになり、それまで感じることのできたエリアが更に遠くまで広がっていることを実感する。そして、その中で感じているものの対象を選別し、焦点を合わせることができることに気付く。

遥は意識を集中させる。

なんだろう、あたしにここまでその存在を感じさせるものとは。

奇妙な胸騒ぎが襲ってきた。

この感じは、三次元のＴＶの中でカメラを動かしているみたいだ。しかも、画像は些か粗《あら》く、色もぼやけている。しかし、その画面のずうっと奥に、くっきりとした黒いスイカの種が映っている、そんな感じなのだ。周りの事象が粗いだけに、輪郭のはっきりした鮮明なスイカの種が否応なしに目に飛び込んできてしまう。

遥はそろりと立ち上がった。爪先《つまさき》に床の上のマグネットが当たる。

彼女はドアの前に立ちながら、心の中で迷っていた。彼女が一人で外出することは固く禁じられていたからだ。一応携帯電話を渡されていたが、携帯電話を使うということは盗聴してくれと言っているようなものだから、よほどのことがない限り使わないことにしていた。

スイカの種は全く動かない。

遥はついに決心した。ズボンのポケットに携帯電話を入れ、窓を閉め、そっと部屋の外に出た。鍵を掛けて周囲を素早く窺う。

やや疲れた雰囲気の、夕方の風が頬に当たる。玉葱を炒める匂いがどこからか風に乗って漂ってきた。その匂いに気を取られると、たちまち周囲の飲食店やどこかの家の換気扇から流れ出してくるありとあらゆる夕餉《ゆうげ》の支度の匂いが鼻に飛び込んできそうになり、遥は慌てて鼻の感覚をシャットアウトした。

反射的にポケットに手を入れ、そこに入っているマスクをするかどうか迷う。

彼女は、平日の昼間などどうしてもやむを得ず外に出なければならない時はマスクをすることにしていた。なぜ子供がこんな時間に、と思わせないよう、風邪を引いて学校を休んでいるんだなと大人に思い込ませるためである。それに、マスクは彼女の顔の半分を隠してしまうし、『マスクをした子供』という印象だけが残って、彼女を他の子供と見分けることは難しくなるだろうと判断したためだった。

だが、もう、子供たちは帰宅している時間だ。こんな蒸し暑いのにマスクなんかしていたら、かえって目立つかもしれない。

彼女はマスクをポケットの奥に押し込み、早足で歩き始めた。

世界はそこにあり、多くの人々がそれぞれの生活のために動き回っていた。

遥は雑踏に潜り込み、帰宅するサラリーマンや学校帰りの中学生の群れの中を移動していく。

新しい感覚は、彼女を少なからず興奮させていたし、同時に緊張もさせていた。

そして、彼女は心の底で、深く憎悪に近い感情が蠢いていることにも気付いていた。

パパ。なぜあたしだったの？　なぜあたしにフィードバックしたの？　なぜ自分の娘を化け物にすることを決心したの？

それは、幼い頃からしばしば押し殺してきた感情だった。

父はそれが自分の娘に対するギフトだと考えたのだろうか？　その結果がどうなるか考えなかったのだろうか？　全く臨床例のないこのプロジェクトが、娘にどんな心細い孤独と不安を感じさせるかなんて？

自分は日々変わっていく。ますます得体の知れない、自分でも理解することができない動物に変わっていくのだ。その先の、最後に行き着くところはいったいどこなのだ？

恐怖と憎悪と興奮とを均等に抑制しながら、遥は夕暮れの街を歩いていく。

不思議な感覚は、しばし彼女に複雑な感情を忘れさせた。

ジオラマの中を歩きつつも、自分が歩いているそのジオラマをずっと上の方から見下ろしているような感じだ。

そして、ずっと南東の方角にあの黒い種のような存在が感じられる。

遥はひたすらその存在に向かって小走りに進んでいった。

商店街を抜けると、そこは静かな住宅街になる。遠くに、不気味な廃墟になった団地のシルエットが見えてきた。

黒い種の存在はますますはっきりと感じられるようになってくる。

近いわ。もう少し。

遥は足を早めた。が、次の瞬間小さく「あっ」と叫んで足を止めた。

その時、その黒い種がなんだか突然理解できたのである。

アレキサンダー。

種は動き始めた。夕方の散歩に出かけるのだろう。これまでずっと動かなかったのは、家の中でじっと伏せていたからだと気付いた。

なるほど、自分に近い存在は遠くにいても感じられるということか。

遥は心の中で頷いた。確認のために、さらにその種に近付いてみる。

遠くの角を、コリー犬を連れた老人が曲がるのが見えた。思わずさりげなく身体を引いて彼等の視界に自分が入らないようにする。

が、コリー犬はぴくりと頭を動かし、こちらに身体をねじるのが見えた。

アレキサンダーも遥の存在を感じ取っているのだ。

これまでも、彼が近くにいる時はその存在を鮮明に感じていた。以心伝心に近い彼の意識すら感じ取れるように思っていた。

それが、更に広い領域に拡大したというわけか。

驚いたことに、アレキサンダーの意識が心に飛び込んできたのが分かった。彼もまた、遥がここにいることをきちんと理解しているのだ。

心が明るくなるような、清流が涸《か》れた池に流れ込んでくるような感覚である。

恐らく、彼はずっと前からあたしの心に意識を送り続けていたのだろう。アレキサンダーの意識に戸惑いはない。むしろ、慣れのようなものすら感じられる。

あたしの方が彼に近付いたのだ、と遥は気付く。彼の方が伝道師であり、自分は彼に導かれているに過ぎない。

アレキサンダーの意識は、遥を落ち着かせ、心強さを与えた。

ありがとう、アレキサンダー。結局いつもあんたに助けられる。

遥は心の中で呟きながら、とぼとぼと疲れたように今来た道を引き返し始めた。

二人が戻ってくる前に、部屋に着いていなければ。

どっと疲労が押し寄せてきた。無理もない。彼女は新たなステージに達し、未知の体験に神経をすり減らしているのだ。

この先、いったいどれくらいのことが自分の内部で起きるのだろう。その都度、精神的にも肉体的にも持ちこたえて順応していくことができるのだろうか。

遥は底知れぬ不安を覚えた。

いったん押し寄せてきた疲労は、たちまち全身を飲み込んでしまいそうな眠気に取って代わり、その強烈な眠気と戦いながら、遥は再び商店街の入口に足を踏み入れようとした。が、何かが彼女の足をとどめさせた。

アレキサンダー？

何気なく振り返る。むろん、そこには老人も犬も姿はない。

が、アレキサンダーの存在はまだしっかりと彼女の中に捉えられていた。

土手に向かって規則正しい足取りで歩いていくアレキサンダーの動きが手に取るように感じられる。

遥は混乱した。

どういうこと？　そんな馬鹿な。

全身に冷や汗が吹き出す。

もう一つ。

もう一つ、黒い種のような存在が遠い背後に感じられるのだ。アレキサンダーとは別の存在。しかし、自分と近しく感じられる、別の存在が。

まさか。

遥は青ざめた顔を上げた。

そこには、平べったく戸建てが立ち並ぶ住宅街の向こうで、暮れなずむゆるやかな丘に墓地のようにそびえる団地群が顔を覗かせていた。

背中を冷たいものが走り抜ける。

あの中にいる。

直感がそう告げていた。

アレキサンダーや自分に似た存在が、今あの中にいるのだ。

『人食い犬』。

遥は確信した。間違いない。やはり、『人食い犬』は存在するのだ。そして、『人食い犬』は自分たちと同じ、操作を加えられた生命なのだ。

衝撃と絶望に、喉の奥が苦く痛んだ。

自分が忌まわしい、倫理に外れた怪物であると改めて烙印《らくいん》を押されたような気分だった。

膝ががくがくと力を失う。

不吉な染みのような種がふっと消えた。

遥は動揺して、何も見えるはずがないと分かっていてもきょろきょろと辺りを見回していた。

どうやら、その存在は遥のセンサーの圏外に出たらしかった。

そのことに深い安堵を感じながら、遥は打ちのめされた表情でひっそりとマンションに足を向けた。


部屋に辿りつき、倒れ込むように眠っていると高橋シスターが帰ってきて「うたたねは風邪引くわよ」とタオルケットを掛けてくれた。

やがて神崎も帰ってきたが、その表情はどことなく険しかった。

高橋シスターもそのことに気付いたようだったが、特に何も聞かなかった。

高橋シスターと食事の準備をしながら、遥は、さっきの出来事をこの二人に話すべきかどうか迷っていた。外に出たことについて叱責を受けるだろうが、やはり『人食い犬』が存在すること、自分と同じような過程で生み出されたものであることは非常に重要な事実だった。

彼女の理性は話すべきであると判断していたが、何かが話すことをためらわせていた。それが、さっき自分が感じたおぞましさであることに気付いていた。

神崎たちは、遥が不幸な過程で生まれた孤独な存在であるからこそ、これまで自分を守ってくれたのではないだろうか。これがもし、他にも似たような存在があることが分かったら、彼等は、それらを自分たちと敵対する存在として認識するようになるのではないか。改めて『遥たち』はモンスターとして意識され、差別されるのではないだろうか。

そう考えると背筋が寒くなった。

「ルカ、そんなに混ぜなくても大丈夫よ」

高橋シスターのあきれたような声にハッとして、遥は糸ばかりになった納豆に目をやった。いつのまにか何分も力を込めて混ぜ続けていたのである。

「──先日発見された、動物に襲われて死亡したと思われる若い男性は、日本に商用で滞在中だったマイケル・カナヤさんと判明しました」

TVのアナウンサーの声に、遥と高橋シスターは画面に目をやった。

さっきからじっとニュースを見ていた神崎が小さく舌打ちする。

「日系アメリカ人？」

高橋シスターが眉をひそめる。

「そうだ。警察は隠しているが、本当は国防総省の人間らしい」

神崎がルポライターをしているというのは嘘ではなかった。ルポライターとしての彼は顔が広く、警察や役所にも情報源を持っていたから、彼はどこかで既にその情報を仕入れてきていたようだ。帰宅してからの険しい顔は、そのことを考えていたからだろう。

「国防総省？　どういうこと？　国防総省は『ZOO』側でしょう。この犯行は『ZOO』の仕業じゃないってことなの？」

高橋シスターは味噌汁を分けながら首をかしげた。

「分からん。だが、彼等がただでこんなところに来るはずはない。彼等が動いているということは、『ZOO』が絡んでいることは確かなんだ」

神崎は腕組みをしてTVの画面を見つめている。

「——もしかすると、『ZOO』が探しているのは遥とアレキサンダーじゃないのかもしれない」

遥はチラリと神崎を見た。神崎は自分の台詞の意味の深さを察知しているだろうか。

「じゃあ何を？」

高橋シスターが怪訝《けげん》そうな顔で尋ねた。

「『人食い犬』さ」

神崎はあっさりと答える。

高橋シスターと遥は、それぞれが複雑な表情で神崎の顔を見ていた。

遥は結局、その日は昼間の出来事を二人に話さなかった。

やがて、一部の週刊誌が、廃墟となった団地で見つかった男が米軍の関係者であることをすっぱ抜いた。

それを読んだ人々の間で、更に奇怪な噂が流れ始めた。

『人食い犬』は米軍基地の中で飼われていた犬が逃げ出したものだということになったのである。

基地の護衛のために飼われていた犬だから、殺人技術も教え込まれており、隠れるのにも慣れているというのだ。殺された男は、基地を逃げた犬を密かに捕らえようとしていて逆に犬に殺されてしまったのだ、と。

その噂を耳にした遥たちは複雑な気分だった。

噂はある意味で真相を語っていた。だが、遥たちの知っている真相と、この事件の真相は本当に一致しているのかどうかは分からなかった。

この奇怪な噂には、自治体も困惑していた。実際に、米軍関係者が死んでいるだけに、始末が悪い。警察と消防、保健所の職員が付近一帯の大掛かりな捜索を行い、マスコミに対して、市民が噂しているような動物はいないという発表をした。

「この噂をこれでおしまいにしたいという意図が見え見えだな。自治体にとっちゃ米軍に関わるスキャンダルはタブーだからな」

TVで警察の記者会見を見ながら神崎が呟いた。

「いずれにしても、なんだか後味の悪い事件だわ。本当にその犬がいるのか、『ZOO』が絡んでるのか。結局、犬の姿を見た人は誰もいないんですものね。どういうことになるのかしら？　殺人事件は迷宮入り？　アメリカが沈黙してるのも不思議よね」

高橋シスターがお茶を淹れながらそう言った。

彼等は、遥の受け入れ先について検討していた。ここで暮らし始めて三か月になる。小学生の遥を、これ以上家にこもらせているのは限界だった。

「最終的に選ばれたのは」

神崎が書類を見ながら話し始めた。

「香港、アムステルダム、そして」

つかのま言葉を切ると、チラリと二人を見る。

「――ワシントンだ」

「ワシントン？」

高橋シスターと遥は同時に叫んだ。

「奴等のお膝元じゃないの。何をわざわざ」

高橋シスターが怒ったように呟いた。神崎が小さく手を上げる。

「だからこそさ。盲点でもあるし、我々の仲間も多い。それと、そろそろ公表の潮時だ」

「公表？」

今度は遥が声を上げる番だった。

「いつまでも逃げ回っているわけにはいかない。遥には何の罪もない。受けられるべき教育も受けられず、社会的生活にも制約があるのはおかしい。『ＺＯＯ』がこれまで行ってきたことのきちんとした資料を揃え、そのことを世界に公表すべき時期が来たと我々は考えている」

思わぬ発言に、遥はあぜんとした。神崎は淡々と続ける。

「もう、デザイナーズ・ベビーは現実のものになっている。それが当たり前のことになる時代はすぐそこまで来ている。そうなる前に公表したいと準備を進めているんだ」

遥は絶句した。

公表。世界に、あたしのことを公表。

壇上に立つ自分の姿を思い浮かべる。

花火のように焚かれるカメラのフラッシュ、向けられるＴＶカメラ、押しかける報道陣、人々の奇異な目、興奮と怒号。新聞の一面の見出しはなんだろう？　二十一世紀のフランケンシュタイン？

遥が恐怖を覚えたのを感じたのか、高橋シスターがそっと彼女の肩を引き寄せた。

「ルカを晒《さら》し者にする気なの？」

その声に滲む非難の色を感じ取ったのか、神崎は小さく笑った。

「直《じか》に遥を公表の場に出すわけじゃない。だが、博士が亡くなった今、遥にどのくらいの能力があって、この先どんな危険があるか誰にも分からなくなっている。それは遥にとってもあまりいい状況じゃない。彼女の中でいったいどんな変化が起きているのか。成長に伴うリスクはないのか。彼女がこれから大人になって、結婚して出産することを考えると、きちんと彼女の健康をチェックしてくれる人間が必要だ」

遥はギクリとした。結婚、出産。いつか自分にそんな日が来るのだろうか。その言葉が、自分に関係のある言葉だとこれまで考えたことはなかった。

自分に子供が産めるのだろうか。もし産んだとしても、その子はいったいどんな子なのだろう？　想像しようとしても、顔のないのっぺりとした赤ん坊の姿しか浮かばない。

世代交替し、親の能力や資質は子に伝わる。子は子を産み、その個体数を増やしていく。

パパはなんということをしたのだろう。いったい何の権利があって？

改めて、遥は絶望と怒りを感じた。

その時である。

不意に遥は近くにその存在を感じた。

全身が覚醒したようになる。

いる。近くにあれが。

遥は自分の中のセンサーに意識を集中した。

アレキサンダー？　いや、違う。

無意識のうちに天井を見上げていた。

上だ。

「どうした？」

神崎がその様子を見咎《みとが》めて尋ねる。

「近くにいる」

遥は二人に動かないよう合図すると、じっと天井を見つめた。

「何が？」

「――『人食い犬』」

二人はぎょっとしたように同時に天井を見上げた。

「しいっ」

遥は更に意識を集中させた。

真上だ。いや、これは――動いている。斜めに近付いてくる！　どうして？

遥はサッシュに飛び付き、開けていた窓を閉めた。

遥がクレセント錠を降ろしたのと同時に、何か大きな質量を持ったものがドン、とベランダに着地した。

「ひっ」

三人は部屋の奥に飛びのいた。

レースのカーテンの向こう、サッシュの向こう側に、巨大な影がある。

三人は思わず息を飲んでその黒い影を見つめていた。ＴＶの中では、クイズ番組の喚声が上がっている。

遥は、ガラス越しに凄まじい殺気と知性とが流れ込んでくるのを感じた。むろん、アレキサンダーではない。そこにいるのは、体格のいい、鍛え上げられた獣である。

かすかに光る一対の目が見えた。その目はうろうろと動き回っている。

やがて、ドン、ドン、とその黒い塊はガラスにタックルをしてきた。

「破る気か」

神崎が反射的に銃を取り出し、その塊に向かってピタリと構えた。

それは全く声を上げない。うなり声一つ出さずに黙々とサッシュにぶつかってくる。

あの巨大な身体が部屋の中に飛び込んできたら？

遥はゾッとした。

この狭い部屋の中では、逃げ場がない。あの俊敏な獣にたちまち致命傷を負わされてしまう。

だが、それは、今いち本気でタックルしているわけではないようだった。本気でぶつかってきたら、とっくにガラスを割っていただろう。

そのことに気付いたのか、神崎も銃を構えつつじっと様子を見守っている。

高橋シスターと遥も息を殺し窓の外に目を凝らしていた。

突然、フッと殺気が消えた。

それは急に顔の向きを変え、音もなく跳躍をしてベランダから消えた。

「あっ」

遥が最初に動いた。

「危ない、すぐに出るな」

神崎が制止したが、あっというまにその存在が遠ざかるのを感じていた遥は、その姿を一目見ずにはいられなかった。

もどかしくサッシュの鍵を開け、ベランダに飛び出し上を見る。

闇の中を、屋上に消えていく影があった。

大きなシェパードのシルエットが視界をかすめたのはほんの短い時間だけだった。

やがて、神崎も顔を出し、空を見上げて舌打ちした。

「畜生、上から降りてきたのか」

このマンションは、建蔽率《けんぺいりつ》や日当たりのために、上の階に行くほど面積が狭くなっている。

南側が屋上に向かって傾斜しており、それぞれの住戸を区切る壁が急なスロープとなって延びているのだ。犬はそのスロープを駆け降りてきてベランダに飛び込んだらしい。かなりの傾斜なので、人間が命綱なしでそこを降りてくるのは難しいが、犬にはそれが可能だったわけだ。

「こんな手があったか。危ないな、ここも」

神崎は鼻白んだ。

遥は夜の空気の中でじっと耳を澄ませていた。

それの気配はどんどん遠ざかる。ビルやマンションの屋根伝いに移動しているのだ。彼等の跳躍力をもってすれば、狭い道路などは易々と飛び越えるだろう。

やがて気配が消え、遥は小さく溜め息をついた。

「入ろう」

神崎が憮然とした表情で中に入っていった。

遥はまだ空を見上げていた。安堵と同時に、疑問が湧いてくる。

なぜわざわざここに現れたのだろう。押し入ろうと思えば押し入れたはずだし、いくら神崎が銃を持っていたとしても、あたしたちも無傷では済まなかったはずだ。攻撃したいのなら、不意を突いた今夜が最適だったはず。実際、あたしたちはベランダから犬が攻撃してくるなどとは全く警戒していなかったのだから。

なぜ？

遥は心の中で問い掛ける。何か自分の予想も付かない、考えもしないことが闇の奥で起きているという強い予感に捕らわれながら。


目の前に実際に犬が現れたというインパクトは大きかった。

あれは、三人の居場所を知っているのだ。あれは、彼等のことを知っている。彼等になんらかの繋がりを持っているのだ。

それまでも十分に注意を払って生活していたつもりだったが、ベランダにあれが降り立った瞬間の恐怖は、三人に新たな警戒を促した。窓は常にぴったりと閉められ、錠が降ろされた。窓べには新たにスタンガンが置かれ、いつでも手に取れるようにしてあった。

だが、三人の間には共通の認識が生まれていた。

『ZOO』とは別のもの。

誰も口には出さなかったが、そういう確信があった。

第三の何か。それが今動き出している。その正体が分からないところが不気味だったが、まだそれが敵なのか味方なのかは分からない。だが、奇妙なことに、彼等はそのグレーゾーンにかすかな希望のようなものも感じていた。『ZOO』と自分たちが対立する二元論の世界に、今第三者が現れたのかもしれないのだ。それが、この殺伐《さつばつ》たる世界図を変えようとしているのかもしれない。吉と出るか凶と出るかは分からなかったが、閉塞したこの関係に変化をもたらすかもしれない。

遥の受け入れ先として、高橋シスターは香港、神崎はワシントンを主張した。結論は遥の判断に任されることになった。

遥は迷っていた。今回の自分の選択が、自分の人生を決定付け、恐らくは神崎と高橋シスターの二人の人生をも巻き込むことは間違いない。二人はそのことを当然と考えているようだったが、正直二人を巻き込むことには抵抗があった。だが、未成年の自分は保護者なしには暮らしていけない。

大人になりたい、と遥は心から願った。早く成人して、一人で生きていけるようになりたい。

心と身体が大人の入口に立った時から、遥の心の中に一つの考えが浮かび始めていた。それが、あの日、冷蔵庫の中の牛乳パックの中身が見えた時、彼女に決意を固めさせるきっかけになった。

大人になるということは、自分の人生を選択できるということだ。

もし、この先自分の能力が自分の制御を超えて暴走するようなことがあれば、自分で自分の始末をしよう。自分で自分に引導《いんどう》を渡そう。

それは、今では彼女の生きるよすがでもあった。自分で生まれてくることはできなかったし、能力を選ぶこともできなかったが、自分の最期を選ぶことはできる。これだけはあたしのもの。あたしの意思で自分の人生を決めたい。フィードバックは人類の役に立つのかもしれない。病気で苦しむ誰かを救うこともあるのかもしれない。だけど、あたしは人類のための実験材料になるために生まれてきたのではないし、死ぬ時は一人の女の子として死にたい。死体を残さずに、あとで切り刻まれることなどないようにして死にたい。

それが遥の切実な願いだった。

彼等は四月いっぱいでここを引き払う予定だった。ゴールデン・ウイークの海外旅行組に紛れて日本を脱出することにしていたので、考える時間はあまりなかった。

次の週末の朝の散歩までに、遥は決断を迫られていた。

肌寒い、曇り空の朝だった。

朝だというのに光に乏しく、どんよりとした空気が漂っている。

三人は、緊張した表情で土手を歩いていた。

誰も口をきかない。

相変わらず工場の煙突からたなびくけむりは、絵のように静止して雲に溶け込んでいる。

土手の桜はようやくぽつぽつと開き始めたところで、開花は全体的に遅れているということだった。

日本の春。この景色が、日本で見た春の記憶として刻み込まれるのかもしれない。

遥は、土手と工場と冷たい色をした川とをぼんやりと眺めていた。

「どうする、ルカ」

高橋シスターが沈黙を破ってさりげなく尋ねた。

遥は一瞬黙り込み、暫く土手を歩き続ける。

二人は急《せ》かすことなく、遥の後ろをついてくる。だが、じっと遥の答を待っていることが分かった。

団地では、今日も解体工事が進んでいる。遠くからドドド、ガガガ、というコンクリートを壊す作業の音が響いていた。

「凄いわね、警備が」

団地の方に目をやった高橋シスターが呟いた。

「今日は朝から残りの棟を爆破処理するって言ってたからな。半径五百メートル以内は立ち入り禁止になってるはずだ。付近の住民も一時退避するように言われてるそうだ」

神崎が煙草に火を点けながら答えた。

「退避」

遥は、なぜかその言葉に引っ掛かるものを感じて団地に目をやった。

灰色のコンクリートの群れ。
正面から、老人とコリー犬がやってきた。三人に向かって小さく会釈する。
と、突然、アレキサンダーがぴんと耳を立て、顔の向きを変えた。
みんながハッとしてアレキサンダーの視線の先に目をやる。
アレキサンダーはじっと耳を立てたまま暫く動かなかった。
が、突如土手を駆け降り、駐車場を横切るとあっという間に民家の間に消えていった。
「あっ」
「ルル」
稲妻が走ったかのような一瞬の出来事に、取り残された四人はあっけに取られた。
なんの指示も受けていないアレキサンダーが自分の意思で動くことはめったにない。
「どうしたんだ」
神崎が混乱した表情できょろきょろ辺りを見回す。
遥は肌がぴりぴりするのを感じた。
静電気？　いや、これは。
ずしり、と遥は全身にかかる負荷を感じた。
あの時と同じ。脳が突然破裂したような感触。
頭の中から大きな光が四方八方にワッと広がっていくような気がした。

見える。あの団地の中が。

そう自覚したとたん、頭の中で映像が高速で走り始めた。

灰色の箱が見る見るうちに目の前に迫り、無数の部屋が蜂の巣のように透き通って三次元で脳裏に映し出される。

中には大勢の人間がいる。廊下や壁に沿って、建物の中に多くの男たちがいるのが分かった。

この男たちはなんなのだ?

遥の脳は、瞬時にそれが武装した人間であることを察知した。組織され、訓練された人間たち。

「『ZOO』じゃない」

遥は呟いた。

「これは、在日米軍だわ」

「えっ?」

神崎が顔色を変えた。

「まさか。あの中に?」

「警備員の中にも」

遥はバリケードの張られた有刺鉄線の周りにたむろする男たちの中にも、異質な男たちを見つけ出していた。東洋人だが、中身は皆アメリカ人だ。皆銃器を携帯し、鋭い目付きで辺りを見張っている。

なんという大胆さだろう。白昼堂々とこんな住宅街の真ん中で、こんなに大勢の人間がいったい何をしているのか？ 団地の爆破作業に紛れて何を隠蔽《いんぺい》しようとしているのだ？

その時、遥はあの存在を感じ取った。

この間ベランダに飛び込んできた存在。遠く黒い種のように感じたあの存在。

更に、その存在に向かって近付いていくアレキサンダーの気配が。

「アレキサンダーがあそこに向かってる」

「なんでまた」

「あれがいるからよ――この間ベランダに来た」

「犬が？」

「待って」

遥は更に質問しようとする神崎を遮り、じっと感覚を集中させた。

もう一人。

「誰かがいる」

遥は目を見開いた。全身に震えを感じる。

団地の中に、もう一つの存在があった。恐らくそれはあれを操っている存在――誰かが団地の屋上に立っている——じっと周囲の動きを見守っている——

自分に近しい存在の人間が。

そう確信しつつも、遥は信じられない思いだった。

自分と同じような人間がいる。本当に、自分と同じ資質を持つ人間が今あそこにいるのだ。

無意識のうちに、遥も走り出していた。

それはあまりにも強い衝動と好奇心だった。身体を突き動かす衝動に、遥は土手を駆け降り、アレキサンダーの後を追っていたのだ。

「遥！」

神崎が叫ぶが、遥は振り返らない。

「戻れ、遥！」

目の当たりにする遥の敏捷さに、神崎と高橋シスターはショックを受けていた。アレキサンダーに勝るとも劣らないスピードで、遥は土手を降りていった。

「マズイ。そんなところに民間人が入っていくなんて。しかも遥とアレキサンダーが」

「どうする？」

「武器はあるか？　連れ戻さなくちゃ」

神崎は高橋シスターに向き直った。高橋シスターは左右に首を振る。

「拳銃しか持ってないわ」

「私の家の方が近い。来てくれ」

老人が顎をしゃくり、足早に駆け出した。二人は団地に目をやりながら、老人の後に続く。

まさかこんな。

神崎は灰色の建物の群れに向かって心の中で叫んだ。

こんな静かな朝が、こんな展開になるなんて。これが何か決定的な一日にならなければいいのだが。

胸に沸き起こる不吉な予感を、必死に振り払いながら神崎は駆けた。


確かに団地を囲む戸建ての住民は退避しているようだった。

こぢんまりした、新しい家は雨戸がぴっちりと閉められ、門扉《もんぴ》にも鍵が掛かっている。

遥はアレキサンダーの痕跡を追った。

直前にアレキサンダーが通ったと思しき足跡が、小さな家の庭先に残っていた。

アレキサンダーも、自分の同類が中にいると悟ったのだ。そして、その同胞が危険な状態にあることを察し、助けに行かなければという衝動に駆られたのだろう。

アレキサンダーは、孤独を感じていただろうか？

犬たちの中で。人間たちの中で。

だが、誰なのだ？　あそこにいるのは本当にあたしたちの同胞なのだろうか？　身体は同胞でも、中身は？　だが、なぜ、米軍が彼等を包囲しているのだろう？

突き当たりは、五メートルほどの高さのあるスレートの塀だった。住宅街との間に、えんえんと青い塀が続いている。防音と侵入防止を兼ねているのだろう。かなりの高さがある。

遥はきょろきょろとした。

アレキサンダーなら一跳びでこれを越えただろう。

だがあたしはどうだろうか？

狭いマンションでの暮らしで、筋力は鍛えていたものの、果たして自分の運動能力がどの程度なのか調べる機会は訪れなかった。

遥は青い塀を見上げた。遠くからコンクリートを砕く音が聞こえてくる。

誰もが中で解体工事が行われていると信じているのだ。まさか、銃を持った米軍兵士が忍び込んでいるとは夢にも思わないだろう。

遥は暫く躊躇していた。

が、ふっと頭の中に、自分がこの塀をU字状の放物線を描いて跳び越えるイメージが浮かんだ。

と、次の瞬間、遥は跳んでいた。

無意識に地面を一蹴りし、ふわりとイメージ通りの放物線を描いて自分が空中の高いところにいることに気付いたのだ。

塀の向こうの、芝生が枯れた公園の跡地が目に入り、墓場のような灰色の建物の間に残された枯れ木の群れが見えた。

身体の力なのか、意思の力なのか。

遥は当惑しながらも、自分がそうできることを知っていた。

トン、と軽快な音を立てて中に着地すると、遥はじっと周囲を窺った。

解体工事は離れたところで行われており、この辺りは人気がない。アレキサンダーはとっくに姿を消していた。

古い団地は開口部が多く、どこからでも中に入れる。窓も扉も開けっ放しになっているところがほとんどで、人間の住んでいた痕跡は既になかった。

遥はとりあえず一番近い棟に忍び込むと、非常階段を登り、三階の踊り場にしゃがみ込んだ。

空っぽの植木鉢や、割れたガラスの破片が散乱している。

さっき土手で見たような鮮明なスケルトンの画像は、かなりのエネルギーの消費をすることに気付いていた。今またアレキサンダーや他の二つの存在の居場所を確認するために意識を集中させようと試みたが、頭の奥が痺《しび》れたようで、あんなふうに鮮明に感じることができない。

少し休んで意識を集中させよう。

遥は目を閉じた。

この棟の中には誰もいない――野良猫と、鳥が少し。その程度だ。

どうする。どうするつもりなのだ。

遥は急速に焦りを覚えていた。アレキサンダーを追い、衝動に突き動かされてここまで来てしまったものの、何も計画性がなかったことを後悔し始めていた。

わざわざ面倒なところに飛び込んでしまった。ここまで来た以上、米軍の部隊（ざっと数えただけで四十人以上が投入されていた）を殲滅する以外に道は残されていない。遥とアレキサンダーを目撃されたら、彼等が何者であるかはすぐにバレてしまうだろう。

だが、これだけの人数を片付けることができるだろうか？

遥は反射的にポケットを押さえた。

あたしが持っているのはこのナイフだけ。彼等は豊富な武器を持っている。

神崎たちはどうするだろうか？　恐らく、あたしたちを助けに来るはずだ。彼等が優秀な兵士でも、組織された米軍の兵士に対抗するのは難しいだろう。

だが、やはりあたしはここに飛び込んできただろう。あの衝動を抑えることは不可能だった。

遥はナイフの柄《え》を握り、じっと考える。

あたしは何をしようとしているのだろうか。あの二つの存在を助けようとしているのか。助けてどうなるのか。そもそもあの存在は自分たちの味方なのかも分からないというのに。

とにかく一目会わなくては。

遥はそう決心した。

会うためには、躊躇なく奴等を倒してみせる。

じわりと背中が熱くなった。心が高揚するのと同時に、頭のどこかで誰かが囁く。

ほら、見ろ。あんたはもうとっくに化け物だ。人を殺すことでしか高揚できなくなってるじゃないか。殺戮の前の自分がどんなにうきうきしているか分かってる？

早く引導を渡しなよ。自分で自分の末路を決めると決心したのは遥だったの？　あんたはもうじゅうぶん、自分を制御できなくなってるじゃないの。

心臓がどきどきする。喉がカラカラになる。

あたしはどうなってるんだろう？　あたしはもうまともじゃないんだろうか？

コトリ、と音がして、遥は反射的に跳ね起きてナイフを構えていた。

見ると、野良猫が倒れた植木鉢の匂いを嗅いでいる。

猫の気配にも気付かないなんて。

大きく溜め息をつき、冷や汗を拭う。

落ち着け。今はそんなことで悩んでる場合じゃない。相手は米軍部隊だ。ここは戦場なのだ。戦場では敵を倒すことが兵士の任務。その奴等を前にして、倫理や感傷はなんの役にも立たない。

野良猫が走っていく音が、廊下の天井に反響するのが聞こえる。

空っぽになって、扉や窓が開いているから、意外と遠くまで音が聞こえる。

遥はゆっくり立ち上がり、暗い廊下に入ると部屋の造りを観察した。どれもみな同じ造りだ。頭に入れておいて損はない。

部屋はどれも同一の間取りで、天井は低かった。

廊下も狭いし、こんなところで銃をぶっぱなしたら跳弾に悩まされることになるだろう。見通しのいい一本道の廊下で撃ち合いになったら、身体を低くして走る犬の方が断然有利だ。もうとっくに送電は切られているし、中は真っ暗でろくに非常灯もない。この点でも犬の方が有利だろう。

時折耳を澄ますが、まだ戦いの始まった様子はなかった。

誰もがこの広い廃墟の中で息を詰め、互いの動きを窺っている。

アレキサンダーはどこにいるのだろう？

遥は移動してみることにした。まずはアレキサンダーを見つけるのが先だ。アレキサンダーに、自分が近くにいることを気付かせなければ。

遥はふと壁にぴたりと身を寄せた。

外を、建物の壁に沿って兵士が移動していく。

遥は耳を澄ます。早口の囁き声が壁を伝わり、二階下の外から彼女の耳に入ってくる。

催涙弾はどうだ
開口部が多くてあまり効果がない
殺すなという命令だ
シット
手榴弾を投げ込めば解体工事の手間も省けるぜ
あいつらのせいで莫大なコストが
たかが犬と子供一人

遥はギクリとした。

たかが犬と子供一人。

子供？　誰のことだ？　あたしとアレキサンダーのことじゃない。彼等が追っているのはあの『人食い犬』と——

子供？

遥はなぜか背筋が寒くなった。もう一人の自分がいると聞かされたような気分だった。ドッペルゲンガー。その姿を見るとじきに死ぬという。

そんな迷信を思い出した。

頭の中が混乱する。いったいここにいるのは誰なのだ？　彼等は誰と戦っているのだ？

突然、兵士たちの小さな悲鳴が聞こえた。

その瞬間、遥は感じ取っていた。あの時感じた、凄まじい殺気と知性。

あれがやってきたのだ。遥は暗い部屋の中で目を閉じ、いつのまにか忍び寄っていたあれが次々と兵士たちを倒していくのを見て――感じて――いた。

アレキサンダーよりも一回り大きく、凄味を感じさせるシェパードが、兵士たちが銃を向けるスキも与えずに一撃で喉笛を捕らえる。

それは優雅にすら思えた。圧倒的な強さ。接近戦で、こんな敏捷で重量のある生き物に敵《かな》うはずがない。

誰かが発砲したが、引き金を引いた本人は既に意識を失いつつあった。

殺戮はあっという間に終わった。四人の兵士が、灰色のコンクリートによりかかるようにして倒れている姿が浮かぶ。

だが、その巨大な犬は壁に向かってじっと立っていた。

遥は耳を澄ます。

分かっていた。彼は、三階の壁の向こうにいる、遥の存在に気が付いているのだ。

遥は念じてみることにした。

来て。あたしがここにいることは分かってるんでしょ？　あんたと同じ生き物よ。あんたと同じ能力を持っている。

自分の意識を送ろうと試みるが、彼は暫く反応を示さなかった。殺気はもう消えていたが、全く彼の意識に変化はない。やがて、するりと駆け出して別の棟に向かっていった。

ダメか。

遥は落胆したが、また後で試してみようと考えていた。

それよりも、彼の行き先が気に掛かった。彼は飼い主のところに戻ろうとしているのではないだろうか？　彼の後を追っていけば、飼い主に会えるかもしれない。

遥はそっと動き出し、彼の後を追った。

灰色の箱が並ぶゴーストタウンには全く人影がない。

遠くのバリケードの近くで派手な解体工事が行われているのが聞こえるが、恐らくあれはこの奥で起きていることを気付かせないためのカムフラージュだろう。

どこかでもう一度団地全体を『眺めて』みたかったが、今はあの犬を追いかけるのが精一杯だった。とても意識を集中させられそうにない。

五階建ての棟はざっと見ても三十以上ある。どれもひっそりと静まり返っているが、このどこかで兵士たちが息を殺して歩き回っているのだ。

遥は遠くで発砲する音を捉えたが、それがどの棟からかは分からなかった。だが、犬がその音を聞いてたちまちそちらの方角に向かうのに気付く。

遥は壁伝いに移動をしていたが、なにしろ見晴らしがいいので誰かに見つかる可能性は恐ろしく高い。一つの丘がまるまる集合住宅になっているだけに、かなりの距離を歩かなければならなかった。

車のエンジンの音が聞こえ、遥は近くの非常階段に飛び込んだ。

白いワゴン車がやってきて、建物の陰で止まり、無言でバラバラと兵士たちが飛び降りてくる。

兵士たちの顔には一様に緊張が浮かんでいる。彼等は、さっき見た兵士たちと違って誰もが機関銃を手にしていた。彼等はさっきあっさり殺されてしまった兵士たちに比べて、自分たちが相対しているのがただの敵でないことを少しは理解しているようだ。

「よし、行け」

幹部クラスらしき兵士が低く呟くと、彼等は幾つかに分かれて近くの棟に入っていく。自分のいる棟にも二人の兵士が入ってきたのを見て、遥は舌打ちした。

ここで見つかるわけにはいかない。

そろそろと非常階段を登る。

兵士たちが廊下に入っていったのを見計らって外に出ようとしたが、そこにはワゴン車と見張りの兵士が二人残っていた。

そっと廊下を覗き込むと、二人が交互に部屋に入り、一つ一つ中を調べているのが見えた。廊下に残った一人が背を向けた瞬間を狙って、一番はじの部屋に飛び込む。

一度調べた部屋はもう見ないだろうと思ったのだ。素早く開け放されていた流しの下に潜り込む。この暗さでは見えないだろう。

コツコツと用心深い音を立てて二つの足音が廊下を通り過ぎていく。

遥は息を殺した。まさかこんなところに女の子が潜り込んでいるとは思わないだろうと信じていても、いい感じはしない。

彼等は上のフロアに向かった。遥はそっと部屋を抜け出して外を見たが、やはり兵士たちは相変わらずそこに陣取っていたので、反対側の出口から出ようと再び廊下に戻る。

上のフロアを歩き回る兵士の足音を聞きながら、遥は足音を立てないように廊下を走った。

廊下の奥の出口は大きな鉄の扉なのだが、しっかり板が打ち付けられている。

一番近くの部屋に入り、窓から外に出ようと考えたが、窓の外はがらんとした広場で、その広場に車を付けている兵士に見られずに出るのは難しそうだった。

ならば、廊下側の通路の窓から出るしかない。

遥はほこりが詰まって滑りの悪い窓を苦労して開け、身体を静かに持ち上げると外に飛び降りた。

「おい、そこで何をしている！」

その瞬間、上の方から鋭い英語が飛んできた。

まずい、隣の棟にいる兵士のことを考えてなかった。

遥はその声の方向を見ることなく、脱兎《だっと》のごとく駆け出した。

「おい、子供がいるぞ！」

「そいつだ、つかまえろ」

地面に撃ち込まれる銃弾の音を聞きながら、遥はジグザグに走り回り、離れた棟に向かって駆け出した。この中では、どこかの棟に入る以外に身体を隠せる場所がない。

たちまち、大勢の兵士が駆け付ける音が聞こえてきた。

たくさんの軍靴の音が頭の中でこだまする。

これでは逃げ場がない。

遥はパニックを起こしそうになった。武装した兵士に囲まれては、ナイフを使いようもない。

だが、どうしても棟の中に逃げ込まざるを得なかった。

逃げ込んだ棟を特定されたのはすぐに分かった。あっというまに周囲を包囲されたからだ。

胸の鼓動が激しくなる。

自分の呼吸を聞きながら、遥は逃げ込んだ部屋で必死に善後策を考えていた。

どうすればいい？　どうすれば。

あの存在の正体を確かめることもできず、ここでつかまってしまったらどうなる？　ただの民間人の子供の振りをしていれば、解放してくれるかもしれないが、いろいろ取り調べられるのは間違いない。調べられれば、住民票が偽造されているのもバレてしまう。

いや、つかまるならいいのだが――

遥は外で構えている兵士たちの異様な緊張ぶりに気が付いていた。

彼等は怯えている。

「殺せ」

はっきりとその声が聞こえた。

殺せ。

「上からの命令は捕獲だが、あれは化け物だ。生かしておいてはいけない。これまでもう三十人以上やられた。俺が責任を持つ。この場で殺してしまえ」

その声には恐怖があった。そして、周りの兵士たちもその言葉に無言のうちに同意していることが分かった。

あれは化け物だ。生かしておいてはいけない。

遥は全身が麻痺したような気分だった。どこかで何かがぷつんと切れた。

この場で殺してしまえ。

「しかし、ちらっと見たところでは、あれは女の子でしたよ。もしかして、民間人が紛れ込んでいるのでは」

誰かが恐る恐る申し出た。

「これだけの警備をしている場所に入ってこられるはずがない。躊躇するな、どうせここは解体工事の最中だ。子供の一人や二人埋もれたって誰も気付くまい。このチャンスを逃したらもう奴を殺せない」

幹部の声は追い詰められていた。それは、同時に彼の抱いている恐怖を表していた。

あれは女の子でしたよ。

遥の心は麻痺しながらも、話の内容を分析していた。

じゃあ、彼等が探している子供というのは。

殺せ。化け物だ。このチャンスを逃したらもう奴を殺せない。

頭の中で、いろいろな声が響き渡っている。

誰があたしを作ったのか。誰があたしの存在を望んだのか。誰がお金を出したのか。

「一部屋ずつ機銃掃射しろ。手加減するな」

頭のどこかでその声を聞いた。

手加減するな。

怒りか、絶望か。何が自分を動かしているか遥には分からなかった。

だが、またあの感覚がやってきた。脳が爆発し、世界が頭の中から外に向かって膨らんでいく感覚が。しかし、今度のそれは圧倒的なスピードで始まった。

身体が熱くなった。そして、同時に部屋も暑くなっていることにどこかで気付いていたが、それが何を意味しているのかは分からなかった。

揺れている。部屋が、建物が揺れている。

何かがパラパラと落ちてくる。天井からコンクリートが剝落しているのだ。

揺れている。世界が揺れている。

建物に入ろうとしていた兵士たちが揺れに気が付き、立ち止まった。

パン、パン、ぱりん、という澄んだ音が聞こえてくる。

団地じゅうのガラスが割れていく音だった。

悲鳴が上がる。一斉に飛び散ったガラスの破片が五階全部のフロアから地面に降り注いでいるのだ。

脳裏に、空いっぱいに散らばったガラスの破片が浮かぶ。空いちめんのガラスの破片。やがて、壁にもひびが入り始めた。今や、建物全体が風船のように膨らみ始めている。兵士たちが後退りをし、やがて駆け出した。

「崩れる！」

「倒れるぞ」

その中心にいながら、遥の心は恐ろしく平静だった。目の前で起きていることを自分が引き起こしているということはどこかで自覚していたのだが、一方でそれを人ごとのように見ていたことも確かだった。

鈍い音を立ててコンクリートが破裂する。大きなかけらが兵士めがけて砲弾のように飛び散っていく。

「撤退！　いったん撤退しろ！」

目の前が明るくなった。

遥の前方にある片側の壁がほとんど取り払われていた。

サッシュの歪んだ枠、階段のかけら、折れた梁《はり》、タイルの一部。

それらが小惑星のように無数の物体となって空中に浮かんでいるのが見えた。

時間が引き伸ばされている。逃げ惑う兵士たちがスローモーションのように動いている。

これをあたしが？

遥は目の前に漂っているコンクリートの破片を眺めながら、ぼんやりと考えていた。

違う。あたしだけど、あたしだけの力じゃない。

そう悟った瞬間、壊れた屋上に誰かが立っているのに気付いた。

あたしだけの力じゃない。

遥は上を見上げた。

覗いた空から、誰かがこちらを覗き込んでいる。
陰になって見えなかったが、やがてはっきりとその顔が目に飛び込んできた。

ハルカ?

その瞬間、頭の中に声が飛び込んできた。
落ち着いた、子供の声。同年代の男の子の。

あなたは誰?

遥は思わずそう心の中で尋ねた。
どこかで見たような顔。誰かに似ている。
こちらを見下ろしている顔は、かすかに笑ったような気がした。

やっと会えたね。ボクはトオル。ハルカの双子の弟さ。

VOLUME 4　化色《けしき》（後編）

短い無機質な電子音が、小さなとんかつ屋の店内に響いた。

天井近くの棚に置いてあるＴＶの野球中継の画面に「ニュース速報」の文字が映し出される。

店の中の客は半ば反射的にＴＶの画面に目を向けた。

画面の上部に白いゴシック文字が浮かぶ。

アメリカ南西部の軍事施設で大規模爆発事故　死傷者多数の模様

「え、どこ？」

「なんだ、アメリカか」

「びっくりした」

「あの、ニュース速報のチャイムが鳴るとぎくっとするんだよな」

テーブル席で食事をしていたサラリーマンたちがほろ酔い顔で口々に文句を言うと、再び会社の悪口に話題を戻した。

カウンターの客たちも、興味を失ったように視線を落として味噌汁をすすり、弛緩した目付きで野球中継を眺めている。

が、店の片隅のテーブルで、食事の手を止めてじっと無表情にＴＶを見つめている男女の姿があった。二人とも、ニュースの続きを待っているらしかったが、画面ではだらだらと元野球選手だった解説者の饒舌《じょうぜつ》な思い出話が続いている。それでも、二人はなかなか食べるのを再開しようとはしなかった。

十数分ののち、乱打戦となった大味な試合はようやく終わった。ヒーローインタビューも済んで、インスタント食品のけたたましいＣＭが流れたあと、画面は短いニュース番組になった。アナウンサーが横から差し出される紙に目を落としてニュースを読み上げる。その様子から、さっき入ったニュース速報の続きだということが窺えた。

サラリーマンたちはニュースに目もくれずにどやどやと立ち上がり、掌に載せた小銭を数えて勘定を済ませ始めた。

が、彼等の頭越しにＴＶを見入っている男女はぴくりとも身体を動かさない。

「アメリカ、ニューメキシコ州の米軍研究施設で大規模な爆発事故が発生しました。現在も爆発炎上中で、詳しい被害状況はまだ把握できていないようです。州は非常事態を宣言し、軍の出動を要請しました。半径五十キロ以内の住民は避難を開始しましたが、既に少なく見積もって二百名以上の死傷者が出ている模様です。政府の発表によると、この爆発の原因については テロと事故との両方の可能性があると考えており、研究施設に核物質はないが、多量の弾薬があり、まだ大規模な爆発が起きる可能性があるということです。しかし、一部の有識者や住民の間には、地下に核軍事施設があるはずだという意見もあり、放射能漏れを心配する声が上がり始めています」

そこで二人はようやくチラリと互いの顔に視線を走らせた。

視線がかち合った瞬間、二人は互いに同じことを考えていることを悟った。

白い。ここは白い空間だ。

人工的な空気の匂い。完全にコントロールされた空気は、少し乾いてよそよそしい匂いがする。どうやらここは、外部から遮断された立方体の空間のようだ。

壁には特殊な金属が使ってある。なんだろう——遮断された壁の向こう側は見えない。なぜだろう。あたしには見えるはず。あたしは今、巨大な建造物の中の片隅にある立方体の部屋の中にいるのだ。そのことは分かるのに、なぜか壁の向こうの世界を感じることができない。漠然と、上下左右に広がる巨大な建造物の気配は伝わってくるのだが、それがどういう形状をしていて、どんな間取りになっているのか感じることができないのだ。

あたしは白いベッドに横たわっている。

目を閉じていても、必要最小限に機能的なベッドであることが窺われる——これは、特殊なベッドなのだ。手術台にも、拘束器具にもなる。横たわっているのが重病人でも、重罪人でも対応できる。そこにあたしは横たわっている——身体はぴくりとも動かない。

今のあたしはどちらなのだろう？　重病人？　それとも重罪人？

身体の中は覚醒している。白い立方体の空間を感じ始めた瞬間から、あたしの中で神経細胞がさまざまな電気信号を送り、自分の置かれた環境を探知しようと試みている。

だが、あたしはどうやら正常な状態ではないらしい。

何があったのだ？　ついさっきまで廃屋となった団地で在日米軍と戦っていたはずなのに。砕け散り小惑星のように宙に浮かぶコンクリートの塊の群れを見上げていたはずなのに。

——僕はハルカを探しに来たんだ。

その時、誰かの声が聞こえた。聞き覚えのある声。近しい感じの、懐かしい、探し求めていた声。

——じき慣れるよ。そのうちもっと大きな力が動かせるようになると思う。とにかく、僕と一緒に来て。

慣れる？　何に慣れるというのだろう？　この声は誰だろう。あたしはいったいどうなったのだろう?

その時、横たわった身体が何かの振動を感じ取って素早く全身に信号を送った。揺れている。かすかにこの部屋は揺れている。この部屋だけではない、この部屋を取り巻く巨大な世界全体がかすかに振動しているのだ。地震ではないらしい。何か人工的で大きな力を感じさせる揺れ。

唐突に、伊勢崎遥は目を覚ました。

が、自分が目を覚ましたのだということに気が付くまで暫く時間がかかった。

薄暗い、しかしそれでいてはっきりと部屋の内部が見られる中途半端な明るさの部屋。まるで夜明け前の夢のよう。

遥は眼球を動かして部屋の中を見回してみる。

それまで感じていた通り、立方体の白い部屋だ。固定された機能的なベッドに彼女は横たわっている。身体が動かないと思ったのは正しく、手足はしっかりベッドに固定されていた。かすかに肩や指先を動かしてみると、特に痛みもなくきちんと動いた。どこかに怪我をしているわけではなさそうだ。

つまり、今の自分は重罪人というわけだ。

遥はゆっくりと頭を動かして部屋を見る。壁面の一部に大きな鏡があった。なるほど、あそこはマジックミラーに違いない。鏡の向こうの部屋では誰かがこっちを見ているはずだ。

部屋はがらんとして何もない。ベッドの周りには、何かの検査機械らしきものが幾つか置いてあったが、一見したところ使い道はよく分からなかった。

壁や天井はよく見ると布張りで、クッション状になっていることが分かる。なるほど、これは第一級の独房らしい。囚人が頭を打ち付けて自殺しないように有り難い配慮がなされているようだ。

この機能的かつ金のかかった豪華な独房を造れるのは、世界広しといえどもごく限られた組織しかない。

無表情に目を見開いて天井を見つめる遥の記憶の中で、巨大なスクリーンに再生するかのごとく自分がここに横たわるようになった経緯が鮮明に映し出され始めた。

と、その上映会を中断するかのようにノックの音がして、おもむろにドアが開いた。

遥の視線は瞬時にそちらに移動する。

「ハーイ。お目覚めのようね」

くだけたスタイルの若い女性が、マグカップと食器の載ったトレイを持って現れたので遥は拍子抜けがした。小柄でスタイルのいい女。大きな黒目に知性が輝いている。

「よく眠っていたわ――脳震盪《のうしんとう》を起こしていたから、後でもう一度スキャンを撮らせてね。今はケロリとしていても分からないから。頭痛はない？　指先の痺れは？」

その会話の雰囲気から、この女性は医療関係者だと分かった。

軍医。そんな言葉が頭に浮かぶ。間違いない。ここは米軍の施設だ。彼女は見た目は完璧な日系で、完璧な日本語を話しているが、そのイントネーションや彼女の目付きを観察していると、やはり中身はアメリカ人であることが窺える。

これはどういうことだろう。あたしは今どこに？

「こんな状態じゃ、締め付けられて痺れているのか神経をやられているから痺れているのかちっとも分からないわ」

遥は自分を押さえ付けているベッドに目をやると、ふてくされるでもなく友好的でもない表情で静かに答えた。

「それはそうね」

女はもっともだというように頷くと、さっさと遥の腕や足を留めていたバンドを外し始めたので、遥はますますあっけに取られた。

どういうことだろう。あたしのことを警戒していないのだろうか。

ともあれ、身体が自由になったのは嬉しかった。起き上がろうとすると、女は遥を押しとどめるように掌を向ける。

「そっと。そうっとね」

特に気分は悪くなかったが、遥は彼女の指示に従うことにした。

「おなか空いたでしょう？」

女はベッドの脇のワゴンにトレイを載せる。コーンスープとチキンピラフ。そう言われて初めて食欲を覚える。

「ここはどこなの?」

遥はさりげなく尋ねた。

女はちらりと遥を見た。そして、かすかに笑みを浮かべて答えた。

「——太平洋よ」


「——地獄だ」

ジェフリーは眼下に広がる光景が信じられなかった。

視界の全てが朱に染まっている。まだ日も高い時間のはずなのに、恐ろしいほどの夕焼けに似た空が窓を埋めていた。

乾燥した大地は、火に掛けた空っぽのフライパンみたいだった。

全米有数の広さを誇っていた研究所は見る影もない。消し炭のような真っ黒な建物が、そこここで火の球のように眩《まばゆ》い光を上げている。時折、小さな爆発がパンパンと乾いた音を立て、新たな火柱が上がる。生存者の望みはないと一目で見てとれた。

彼の祖母は日系人の熱心な仏教徒で、幼い頃悪さをすると、地獄は熱いところなんだ、と繰り返し聞かされた。真っ赤に焼けた鉄の縄で縛られ、釜ゆでにされ、灼熱の大地で足の裏を焼かれ炎に追われる。しかも、どんな苦痛にも意識を失うことなく果てしなく責め苦は繰り返されるのだ――

今俺が見ているのはまさにその光景ではないか。

こころなしか、機内も暑く感じられた。焼けたフライパンの上を飛んでいるのだ。地上の熱風に煽《あお》られて、時折不気味に揺れる。すさまじい山火事には何度もお目に掛かっているが、これはこれまで自分が知っていたようなものではない。そして、恐らく誰もが見たことのない、全く別の種類の災害なのだ。

「どうだ？　ジェフリー？　爆心地の様子が見えるか？」

無線から入った硬い声に、ジェフリーは我に返った。

爆心地。

薄茶色の大地が、熱っぽいオレンジ色に輝いていた。複数のすさまじい爆発があったことは明白だった。四角い研究所は崩したトウフのようにぐずぐずになっていた。これでもまだ、研究所の敷地の一番外側の部分だ。中心部はずっと先にある。丸く地面がえぐれたところも見え、地下に地面が落ち込んでいる。青いはずの空は不気味な紫色に濁っている。いつも晴れ上がっていた静かな世界は完全に変貌していた。爆発から六時間以上経過しているのに、全く火の勢いは衰えていない。夜になってもこの明るさが消えることはなさそうだった。

「すさまじい炎です。今、爆心地より二十五キロの地点にいますが、既に機内の温度は四度上昇しています。とても近寄れません。次々に新たな爆発が起きている。こんなところで隊員を地上に降ろすわけにはいきません。これから引き返します」

ジェフリーは熱に浮かされたような口調で答えた。

夢を見ているようだ。まさか、自分がこんな光景を目にしようとは。

心の中で、既に彼は何かをあきらめていた。いつかは——いつかは来るかもしれないと思っていたが、こんなふうに唐突に終末が始まるとは思っていなかった。

「——それに」

ジェフリーは床に置いた計器にちらりと視線を投げ、乾いた声で呟いた。

「大量の放射能が漏れています。我々も既に少量の被曝《ひばく》をしています。外の濃度が電子レンジ並みに強いことは間違いありません」

無線の向こうにいる上司が沈黙していることが分かった。彼も、ジェフリーの考えていることが分かったのだ。

「しかも、まずいことに、このシーズンは強い風が吹いています。この時期、ロッキー山脈から降りてくる風は数日以内に半径五百キロ以上の地域に放射能を拡散させるでしょう。気象台からデータを貰い、今後四十八時間の風向きを予想して、避難区域を即刻拡大して下さい」

政府は事故の連絡を受けてすぐに軍、州、大学、医療機関や警察、消防による数百人体制の危機管理委員会を発足させていた。しかし、研究所そのものが壊滅状態なので事故現場の情報は全く入っていない。軍事衛星による映像が届き始めていたが、実際に現地の状況を見るのはジェフリーたち地元消防と軍による先遣隊が初めてだったのである。

予想を遥かに超える実態に、誰もが言葉を失っていた。

コウジンカ。劫尽火。

頭の中に、その音と漢字が浮かんだ。温和で痩せた祖母の顔が蘇る。

悪いことをすると、地獄で劫火《ごうか》に焼かれるんだよ。劫尽火ともいうんだけどね。世界が崩壊する時に、世界を焼き尽くす炎のことをそう呼ぶのさ。

チェルノブイリどころではない。この地下に内蔵されていたと噂されるプルトニウムは遥かに多い量なのだ。冷戦が終結して不要になった大量の核弾頭の解体施設もこの施設の地下のどこかにあると言われている。爆発事故と一口に言うが、恐らくそれが核爆発に近い状態であったことは間違いない。奇妙な雲の目撃証言は、遠く離れたダラスでも得られたほどなのだから。

拡散した強い放射能は人間の染色体を破壊し、まず抵抗力の弱い子供たちから影響が出始める。甲状腺ガン、急性白血病。染色体に残された爪痕《つめあと》は生殖にも重大な影響を与え、世代交替をしても子孫に複雑な後遺症を残し、汚染された水や土壌は生態系にも異変をもたらし、植物や昆虫にも少なからず蓄積されてゆき——

ここから百キロ離れた小さな町に住む老いた両親や、ついさっき別れてきた子供たちの顔が脳裏に浮かんだ。

全てが既に過去の世界なのだ。当たり前のように享受していた健康も、いつまでも続くと思っていた平和も既に過去のもの。

ジェフリーは目の前が真っ暗になるほどの絶望と共に確信した。それでも、相変わらず彼の視界は鮮やかでどこか狂信的なオレンジ色に輝いていたが。


とんかつ屋で見た短いニュースは、深夜に向けてどんどん長くなっていった。

NHKにチャンネルを合わせていたが、次々とアメリカのニュース番組の映像が入ってくる。隅に「LIVE」と入った乱れた映像では、車に家財道具を積み込み避難する大勢の家族を映し出していた。普段は自信たっぷりのニュースキャスターたちも、ひきつった顔で声がかすれている。

テロップも、今では「アメリカ・ニューメキシコ州核処理軍事施設にて大規模爆発事故」となり「研究所及び周辺施設に勤務していた約九百名の従業員の生存絶望。放射能汚染拡大か。半径五百キロの住民に避難命令」という恐ろしい見出しに変わっていた。

高橋シスターと神崎貢はTVのニュースをつけっぱなしにし、インターネットを繋ぎっぱなしにして仲間たちと情報収集に当たった。

画面では、原子力の専門家たちが入れ替わり立ち替わり予想される被害の規模を説明している。

「爆発規模は少なく見積もっても広島の二十倍」という言葉を聞いて、高橋シスターは短い呻《うめ》き声を上げた。

「想像もできないわ。なんで想像もできないようなものを作るのかしら」

「シスター、もうすぐ向こうの株式市場が開く。きっと、農産物価格は高騰する。小麦も、大豆も、トウモロコシも値段が上がるはずだ。避難地域にコーン・ベルトは含まれないが、風評ってもんがあるからな。そうすれば、世界の小麦の価格は一気に押し上げられるし、飼料を使っている牛肉や豚肉のコストも一緒に上がる――水関係も上がるな。そういや日本にも、川の水をすぐに飲み水にできる機械で、防災用品として自治体のシェアをほとんど独占してるメーカーがあったな、それも日本の市場が開いたら探して買っといてくれ。あと、放射能を探知する機械が一般家庭にも売れるはずだ――検査機械のメーカーも買っとくといい――そうそう、製薬会社もだな」

神崎はインターネットの画面をスクロールしながら独り言のように呟いた。

高橋シスターは憮然とした表情で神崎を睨み付けた。

「こんな時に金儲けをしろっていうの？　アメリカの農業が破綻すれば世界の食糧が破綻するのよ。汚染が広がれば、どんな影響が出るか——対岸の火事じゃないわ」

「そうだな、中国がこれを機にシェアの拡大を図るだろうな——韓国をはじめアジアの国々がアメリカやアメリカから野菜を買っていた国に農産物攻勢をかけるだろう。そっちの株も買っといた方がいいかな」

神崎は淡々とした口調を崩さない。高橋シスターはあきれた顔になり、やがて不安そうな顔になった。

「ねえ、ひょっとしてあなたは——あそこに——ルカが」

神崎は黙々と画面をスクロールしている。

「まさか、この事件はルカが関係していると思ってるわけじゃないわよね？」

高橋シスターは神崎の方に身を乗り出した。

遥とアレキサンダーがあの団地に飛び込んで行方知れずになってから一か月が経過している。二人は組織を通じ必死に行方を追い求めたが、ぷっつりと消息は途絶えたままだ。あの日、あの中で何があったのか。遥は生きているのか死んでいるのか。アレキサンダーと同じ能力を持った犬とその犬を操るハンドラーの正体は何者だったのか。在日米軍がどんなふうに関わっているのか。そして、『ＺＯＯ』は？

あまりにも多くの疑問があったが、今もその疑問は全く解決されていなかった。

二人の使命は宙に浮いた。遥の保護者として、潜伏して暮らしていく場所を決めるはずだったのに、肝心の遥が消えてしまったのだ。

苦い後悔と焦燥とに苛《さいな》まれながら、二人はそのままこのマンションで待機するよう指示された。組織は粘り強く遥の行方を探しているらしかった。その結果、どうやら彼女はアメリカの軍の施設にいるらしい、という情報が入ってきたのだった。

それは『ZOO』に拉致されたということではないのか？

かつて『ZOO』は政府の外郭団体として設立された組織だったが、実際の運営には軍が携わっていたはずだ。だが、どうやら米軍と『ZOO』の間には深い溝があるらしい。ともあれ、とりあえず彼女が生きているということは確かである――

規模ではかなわないものの、『ZOO』に負けず劣らず社会の隅々にまで入り込んでいる組織が得られた情報はそこまでだった。それよりも更に深い情報を得るにはもっと時間がかかりそうだった。

「俺は」

神崎はパソコンの画面に目をやったままぶっきらぼうに呟いた。

「この事故は遥が起こしたものかもしれないと考えている」

高橋シスターは顔色を変えた。TVの中では、逃げ惑う住民の顔が映し出され、恐怖を滲ませて機関銃のように喋るキャスターの声が響いている。

だが、彼女も同じことを考えていたのは事実だった。もしかして遥が研究所を破壊したのでは、と。それは、同時に遥の死をも意味していた。研究所のみならず周辺施設の職員も生存が絶望視されている今、遥が助かるはずはない。

何が起きたのだろう。遥はどこにいるのだろう。

高橋シスターは黙り込んだままぼんやりTVに視線をやった。


さっと匂いを嗅ぎ、薬物が入っていないことを確認してから遥は食べ始めた。食べるとますます食欲が刺激され、みっともないと思うものの、がつがつとあっというまに残さず食べ終えてしまう。

その間、女は壁によりかかってじっと遥を眺めていた。

なんだろう、この視線は。遥は女の視線を強く意識した。観察するでもない、敵視するでもない、この奇妙な視線。でも、この視線には見覚えがある。

遥は記憶を探った。

パッと、恵美子の顔が浮かんだ。

娘を失った恵美子。あたしを殺そうとした恵美子。

そうだ。まるで、恵美子が最初にあたしを見ていた時のような視線だ。

「だれ？」

思わず遥は自然に呟いていた。女は身体を壁から離した。それまでのぼんやりした視線から、意思を覗かせた視線に変わっている。

「あたし？　あたしはハナコよ」

遥はまじまじとハナコと名乗った女の顔を見た。

「何それ？　コードネームか何か？」

ハナコは小さく笑った。

「本名よ。ハナコ・エミー・ウエハラ。父が日本人らしい名前ということで付けたの。今時の日本では、教科書の中ですらこの名前を付ける人がいないということは知ってるわ」

遥はバツが悪くなった。

「ごめんなさい——で、あなたは誰なの？」

改めて遥は正面からハナコの顔を見た。この女性は率直だ。正面から攻めるべきだと遥は読んだ。

ハナコは真顔になり、まともに遥の目を見つめ返した。二人の視線が絡み合う。

「あなたの担当医であり教官でありナビゲーターよ」

ハナコは淡々と答えた。

「あなたは軍医？　アメリカ海軍の？」

ハナコはぎくりとしたように遥の顔を見た。

「海軍？　なぜそんなことが分かるの？」

「太平洋――これは軽空母の中だわ――インディペンデンス級――」

遥は天井を見上げながらゆっくりと呟いた。相変わらずなぜかこの建造物全体を見通すことができない。団地内で予想以上にエネルギーを使ってしまっていたせいだろうか。だが、どこかにチラッと、ずらりと格納庫に並んだ数十機の航空機を『感じた』のだ。

ざっと四十機余り――アメリカ海軍の最大級の空母なら、九十機近く収納できるから、これはそれよりも小さな軽空母ということになる。

ハナコは硬い表情で遥を凝視した。

「ねえ、それはどうやって知ったの？　運び込まれた時に意識があったわけ？」

遥はハナコの顔を見た。嘘をつくのは得意だ。

「あなたの話と、かすかに揺れてる感じからそんなふうに思っただけよ」

ハナコが遥の能力についてどの程度まで知識があるのかよく分からない。知的レベルと運動能力については見当が付いているだろうが、この春彼女が獲得した新たな段階について知っているとは考えにくい。そして、そのことを教えない方が得策だろうと判断したのだ。

「正直に話してほしいわ――あなただって混乱しているはずよ。自分の中でどういう変化が起きているのか知りたくはない？」

遥はその含みのある口調にとまどった。

この女をどこまで信用すべきか？　この女はどこまで知っているのか？　この女の目的はなんなのか？

「それはお互いさまだわ。あたしはどこに行くの？　あなたたちの目的は何？　あなたは『ZOO』側の人間なの？」

質問を質問で返した遥に、ハナコは苦笑した。

「あたしは『ZOO』じゃない」

短く答えたハナコに、遥は更に畳み掛けた。

「『ZOO』はもともと軍の組織だと聞いたわ。今あたしが乗っているのはアメリカ海軍の空母。でも、『ZOO』じゃないというの？」

ハナコは小さく鼻で笑った。

「ことはそんなに単純じゃないのよ――あの肥大化し硬直した組織が、そんな一枚岩でいられるはずがあって？　あなたとトオルを別々の場所に分けたのだって、『ZOO』に対する牽制《けんせい》と保険だったのよ。トオルがあなたの存在を知らされたのもごく最近。それも、『ZOO』の日本支部が壊滅状態になったからで、それがなければ彼もあなたも一生お互いの存在を知ることはなかったでしょうね。『ZOO』日本支部の壊滅は、軍にとっては好都合だったわ。これ幸いと本部の方にも圧力を掛けて、これを機に縮小・吸収を狙っているの」

「トオルは猟犬だったわけ？　あたしを探し出すための」

「そうとも言えるわね」

ハナコはあっさりと頷いた。

「『人食い犬』云々は全く予期せぬ副産物だったのよ――『ZOO』が修復を始める前に日本であなたを探し出すはずだった。トオルは日本は初めてだったし、ナポレオンは目立ちすぎた。彼はナポレオンをいろいろ試していた。まさかウサギ小屋まで破るとは思わなかったけど」

遥はくすりと笑った。ナポレオンとアレキサンダーか。どちらも大将軍の名前だ。が、すぐに真顔になる。

「でも、あの時、軍はトオルを本気で殺そうとしていたわ」

ハナコはスッと視線をそらした。

「――マイケルは優秀な男だけど些か人格的に問題があってね」

マイケル。マイケル・カナヤ。『人食い犬』に殺されたと言われる国防総省の男だ。

「年季の入った児童ポルノの愛好者でね。東洋系の男の子がお好みだったのよ。どうやら長いことトオルに目を付けていたらしいわ――あたしたちもマイケルが死ぬまで彼の趣味には気が付かなかった。仕事にかこつけて一緒に日本に来たのは、トオルと二人きりになる機会を狙ってたんでしょう。日本は児童の虐待に鈍感だし、ポルノや残虐シーンに寛大な国だからね。あいつがナポレオンに殺されたのは恐らく正当防衛れ。とにかく、日本に来て、無用な死体が一つ転がってしまったの。みんな、旅先で羽目を外すのがお好きなようで、随分後始末に苦労したわ。先に民間人に発見されたのはまずかった。けれど、おかげで『人食い犬』の噂が広がったのは『けがの功名』ってやつ？——ねえ、『けがの功名』って、これで用法正しいのかしら？　時々分からなくなるの——あなたもああして食い付いてきてくれたわけだし、結果的にはラッキーだったたってわけ」

遥はおぞましさに顔をしかめながら耳を傾けていた。

「軍の内部では、トオルの存在を気味悪がっている連中が根強く処分しろと主張しているわ。いつか我々を滅ぼすだろうとね。彼等がこの機会に事故に見せかけて彼を殺そうとしたのも不思議じゃないわ」

遥は喉の奥が苦くなるのを感じた。あの時の、彼等の恐れや憎悪が胸に蘇る。誰があたしたちを作ったというのだ？　あたしたちに何の責任があるというのだ？

「あたしに何をさせたいの？　実験材料として切り刻むの？」

冷たい視線をハナコに向けると、ハナコは無表情に肩をすくめた。

「さあね。上の考えてることはよく分からないわ。あたしは、ただあなたがこれからどうなるのか知りたいだけよ」

「それはあなたの好奇心？」

「ええ。医者としての興味と言い換えて貰っても構わないわ」

遥はあまりにもあっけらかんとしたハナコの答に毒気を抜かれたような気分だった。

「あなたって変な人ね——さっき、教官でもありナビゲーターでもあると言ったのはどういう意味？」

「文字通りの意味よ。あたしは『ZOO』でも軍の人間でもないわ」

まるで禅問答だ。ここまではっきり言い切れるこの女はいったい何者なのだろう。

彼女の率直さに惹かれつつも、遥は用心は怠らなかった。

もちろん、この部屋は見張られている。マジックミラーの向こうに誰かがいるし、彼女の胸にはマイクがあり、この部屋自体にも盗聴器が仕掛けられていることを遥の耳は拾っていた。

この女は誰に向けてこの台詞を聞かせているのか？　彼女は誰に向かって演技しているのか？　これが演技だとしたら、たいした役者だ。

ハナコはこれみよがしに腕時計に目をやった。

「午後からあなたの身体能力の検査をさせて貰うわ。あなたも興味があるんじゃなくて？潜伏生活は窮屈だったろうし、博士ももういないから、自分がどんな状態にあるかあなたも知りたいでしょう？」

食器の載ったトレイを持ち上げ、ハナコは部屋を出ようとした。

その瞬間、遥は彼女を試してみる気になった。

そっと音もなくドアを開ける彼女の後ろに忍び寄る。

フッと静電気のようなものが走ったような気がした。

次の瞬間、遥はとっさに目の前に飛んできたマグカップを払いのけていた。

何が起きたのか分からなかった。

ほんの短い沈黙ののち、床にカランとマグカップが落ちて転がる。

遥はぼんやりとそのマグカップを見つめていた。

顔を上げると、落ち着き払ったハナコが身体をねじってこちらを注視している。

「おふざけはやめて。今はあたしを信じてちょうだい。よほど多くの人員を道連れにしない限り、ここからあなたが逃げ出すことは不可能なのよ」

ハナコはゆっくりとマグカップを拾い上げると、さっさと外に出ていった。

目の前でバタンとドアが閉められ、カチャリと鍵の掛かる音が聞こえる。

しかし、遥はそのことにも気付かぬようにぼうぜんと閉じたドアを眺めていた。

いいいいいい
彼女はマグカップを飛ばした。

遥の一瞬の動きを封じる絶妙なタイミングで目の前に飛んできたマグカップが、繰り返し脳裏に蘇る。

彼女はマグカップを飛ばした。あたしが彼女の背中に回るよりも速く。普通の人間の反射神経ではない。

新たな混乱と当惑が遥の全身を揺さぶった。

彼女は何者なのだ？


コンクリートの塊がゆっくりと宙を飛んでいく。

いや、ゆっくりと見えるのはあくまで遥の感覚でのことだ。外にいた米兵たちには、建物が爆発したとしか見えていないだろう。

あの時、崩れゆく団地の中で、遥はあまりの一体感、あまりの喜びに酔っていた。

自分と血を分けた存在、本当に自分と理解し合える存在が今目の前にいるという喜びに。

口に出す言葉はいらなかった。トオルの声は、じかに遥の中に響いていた。


僕はハルカを探しに来たんだ。ハルカのことは最近まで知らなかった。僕はずっと軍の施設の中で育ったから。日本には初めて来た。珍しくてはしゃいでしまって、ナポレオンも興奮したのか暴れてしまって――いろいろあったんだよ。あの胸糞悪い男が死んで――まあいいや、こうしてハルカに会えたんだもの。本当によかった。

恐らく、二人が互いの声を聞いていた時間は一分にも満たない短い時間だったのだろう。

その短い時間に、二人は互いの存在を確固たるものとして認め合ったのだ。

パパとママに会ったことはあるの？

いや、僕は生まれてすぐに軍の施設に引き取られたんだ。ハルカは『ZOO』で、僕は軍でという取り決めがあったらしい。僕は少しずつ軍の仕事を手伝っているんだよ。『ZOO』はもうほとんど機能していないから、これから僕らは一緒にいられるって聞いたんだ。

でも、外の米兵たちはトオルを始末しろと言っていたわ。

いつものことさ。あの軍曹は、すきあらば僕を殺そうとしているんだ。僕は訓練中や実験中に、随分彼の部下を殺したからね。彼等は僕がハルカを探しに来たということを知らないんだよ。『ZOO』の日本支部の実態を調べるというのがここに来た主な目的ということになってるからね。彼等には、今日がチャンスだったんだ。僕がここで君たちがやってくるのを待っている間に、僕を始末しようとしている。

この力はあなたが？　いつからこの力を身に付けたの？

少し前からだ。でも、ハルカの力も共鳴してると思う。ハルカはまだモノは動かせないの？

あたしはごく最近、周りのモノが動くようになる体験をしたばかり。どうやってコントロールするのか、どうすればできるのか分からないわ。

じき慣れるよ。そのうちもっと大きな力が動かせるようになると思う。とにかく、僕と一緒に来て。何年も博士と逃亡生活を送ってきたんだろ？　せっかく未知の能力が目覚めようとしているのに、時間の無駄だよ。いろいろ話したいこと、聞きたいことがあるんだ。

あたしもよ。でも、今この状態ではどうすればいいの？

もうすぐ別の部隊が来る。僕とハルカを連れに来る。今外にいる連中は、いわば命令を無視して暴走してるわけだからね。大丈夫、僕らにかないはしないし、じきに撤退するよ。

アレキサンダーは？

今、ナポレオンと一緒にいるはずだ――ついてくると思う。

徐々に頭が重くなってきていることに気付いていた。こうしてトオルの声を聞くことで、動き回るよりも遥かに体力を消耗しているのだ。まだ拓《ひら》かれたばかりの能力に、遥の肉体はついていくことができない。

目の前が暗くなってくる。

急速に遠ざかる意識の中で、それでも遥は強い喜びに満たされていた。しかし、その喜びはどこかどす黒いものに縁取られていることにも気付いていた。

トオルと交わした短い会話の中で、彼女はトオルが紛れもなく自分の肉親であることを確信していた。それは同時に、自分たちが多くの人間を殺してきた怪物であるということを再認識することでもあったのだ。

トオルは、迷いがない。少し前のあたしにそっくりだ。恐るべき子供、ためらいもなく人間を殺す子供。彼の酷薄さは鏡を見るようだ。今のあたしは迷いを知ってしまったが、トオルにはまだそれがない。その彼があんな強大な力を獲得したら、これから彼はどんな人間に成長していくのだろう――

気絶する寸前、彼女の心の中にはそういう危惧だけが残っていた。

深い深い眠り。夢すらも見ぬ、死のような眠り。

それからようやく覚めた時、彼女はこの白い部屋の中にいたのだ。

遥はじっと記憶を辿りながら、ベッドに身体を横たえていた。

トオルは今どこにいるのだろう？

自分の肉親に巡り合ったという喜びは、まだ遥の中から消えてはいなかった。しかも、彼は自分と同じ境遇にある唯一無二の存在なのである。その喜びを思う時、彼女はこれまで自分が味わってきた孤独の深さを改めて思い知った。両親ですら彼女の孤独は理解できなかった。理解できる人間がいるとは思いもよらなかった。

だが、その一方で、トオルの存在は諸刃《もろは》の剣である可能性を遥はじわじわと予感し始めていた。短い対話の中で彼が見せた酷薄さと、他の人間に対する優越感が遥には不安だった。あたしと彼は対立するかもしれない。あたしは彼の意見に同意できないことがあるかもしれない。その時、トオルはどうするだろうか？　あたしはどうすべきなのだろうか？　それに、トオルの存在を盾に取られたら、あたしはどこへも逃げ出すことができない。

遥はかすかな恐怖と共に考えた。

あたしが軍だったら、あたしとトオルとを容易に会わせないだろう。別々に隔離して、たまに会えることを人参にして鼻先にぶら提げ、軍に協力させようとするだろう。互いが人質になっているようなものだ。

結果的に、あたしはトオルの言葉に従って易々と軍に拉致されてしまった。高橋シスターや神崎貢に何の説明もせずに。今ごろ彼等は必死にあたしのことを探しているだろう。二人はどうするのだろう？　あたしがいなくなった今、あのマンションに住んでいても仕方がない。聖心苑に戻って態勢を立て直すとか？

けれど、いったんトオルの存在を知ってしまった以上、もうどこにいようが心は人質に取られたも同然だ。アレキサンダーですら、ナポレオンの存在を感じて矢も盾もたまらず駆けていった。異端の存在である我々であるからこそ、同胞には強く引き寄せられてしまう。もうトオルを見捨てることなどあたしにはできない。トオルにとってはどうかは分からないが、トオルだって孤独であったことに変わりはないはずだ。多少はあたしに対して執着を見せるだろう。

トオルは軍の仕事を手伝っていると言っていた。それはどんな内容のものなのだろう？　あたしも協力を迫られるのだろうか。

次々と新たな疑問や不安が湧いてくる。

だが、もう後戻りはできない。この巨大な空母のように、いったん動き出したら別の進路に舵《かじ》を取ることは容易ではないのだ。

「トオルはどこにいるの？　アレキサンダーは？」

聴力検査が終わってヘッドホンを外しながら、遥はハナコに尋ねた。

「トオルは別のところで訓練を受けているわ。アレキサンダーも別の部屋でちゃんと保護されてる」

予想通りの答だった。検査では常人の十数倍の聴力という結果が出ているはずだったが、ハナコは平然とした顔でデータを見ている。

「何の訓練？」

「これからあなたも受ける訓練よ」

「あたしも？」

「ええ。ゆくゆくは二人で仕事をして貰うために」

「二人で？　トオルに会わせて貰えるの？」

「もちろん」

ことごとく軍人らしくない女だ。むしろ、官僚的な人間の方がいろいろ質問することでかえって情報が得られるものだが、この女はどれもさらりとかわしてしまう。

あたしは『ZOO』でも軍の人間でもないわ。

ハナコの言葉が脳裏に蘇る。あれはどういう意味だろう。民間の研究者という可能性はあるだろうか？　それとも、政府関係者とか。

ハナコの黒々とした髪を見ながら、今時この年齢の女性でこんな黒髪はアメリカ人でないと見られないのか、と奇妙な気分になる。

遥は、まだここで日を覚ましてからハナコ以外の人物に会ったことはなかった。むろん、遥は隔離されているのだろう。この船に遥が乗っていることを知っている人物自体、たいした人数ではないはずだ。

トオルはどこにいるのだろう？　やはり自分と同じように隔離された環境にいるに違いない。船のどの辺りに？　接触することは可能だろうか？

遥はそっと天井を見上げた。

空母だけあって、壁はみな金属製だ。金属は透視しにくいという話を聞いたことがあるが、周囲の環境が見渡せなくて息苦しいような感じがする。

あの時のように、トオルの声が聞こえればいいのだが。

ここでは全くトオルの存在も感じられないし、トオルの声が聞こえるような予感もしない。

遥は苛立ちを覚えた。

ふと、自分の耳が羽音を拾っていることに気付く。部屋のどこかに小さな虫が飛んでいるのだ。防音壁の内側だけに、その音は黒い染みのように目立って感じられた。

ハナコがチラリと天井に視線を走らせる。

遥はギクリとした。

まさか。

遥は無表情を装いながら、データをチェックしているハナコを観察する。

ハナコは無意識の行動なのか、ちらちらと天井を見上げた。

彼女にも聞こえている。

遥は確信した。彼女にも、あの消しゴムのかすほどもない小さな羽虫が天井近くで飛んでいる音が聞こえているのだ。しかも、彼女は視線を走らせ、その虫を目で追っていた。いつのまにかじっとりと背中を汗が伝っていることに気付く。

まさか、彼女も。

ハナコは突然遥の顔を真正面から見た。思わずたじろぐ。

「あたしはミュータントなの」

あたしはケーキが好きなの、とでも言うように、ハナコはあっけらかんとそう宣言した。

「え」

とっさにその言葉が頭に入ってこない。

「懐かしいでしょ。子供の頃のSFドラマでよく聞いた言葉。突然変異。よく考えてみると、これってあまりにもそのまんまで身も蓋もない言葉よね。『身も蓋もない』って、これで用法合ってる?」

遥はハナコの台詞の意味を考えながら混乱した。

「要するに、あたしもあなたも同類ってこと。自然発生の怪物かマッドサイエンティストに造られた怪物かの違いよ。あたしがゴジラであなたはフランケンシュタインってとこね」

「ほんとに——自然に？」

遥は信じられなかった。超能力の存在はある程度信じていたけれど、ほとんどの人間が不安定で波があり、いわゆる『超能力者』と呼べるだけの人間はいないと考えていたからだ。しかし、目の前のハナコはマグカップを飛ばし、常人の聞き分けられる範囲を遥かに超えた音を聞き取っている。

「ふふ。超人のあなたでも信じられない？　自分は超能力を使ってるくせに？」

ハナコはどこか冷たい微笑を浮かべた。

遥はギクリとした。そうなのだ。能力によって差別されている人間は、差別され慣れているくせに、やはり自分と同じタイプの人間を差別する。

「いらっしゃい。あなたも訓練を始めるのよ。あたしが手伝うわ」

ハナコはドアを開け、遥に出るよう促した。


異様に何もない狭い廊下を抜け、案内された小さな部屋は真っ暗だった。

ハナコは壁に手をやり、カチリとスイッチを入れる。

天井の小さなライトが点り、ピンスポットのように固定されたテーブルの上のものを照らし出した。思わず目が引き寄せられる。

ガラスケースの中に、奇妙な造形物があった。

絡み合った電線や、縦横に走る細い鉄の管に大小さまざまなバルブやねじが付いている。

見た目は子供が作ったラジオのお化け、というところだろうか。

ケースの底には、穴の開いた色とりどりのおはじきや、小さなビー玉がたくさん落ちていた。

「なあに、これ」

「そっちの椅子に座って」

二人はテーブルを挟んで座った。

あの白い部屋もかなり周到に防音がなされていたが、ここは更に厚い壁に囲まれていることが分かった。部屋の中は限り無く無音に近い。壁の材質はかなりの音を吸い込むらしい。

「集中して。いい、あたしと同じことをやってみて」

ハナコはテーブルの上で腕を組むと静かにガラスケースの中を見つめた。

同じことを——?

遥はぼんやりとケースの中を眺める。子供の頃、レゴで遊んでいたことを思い出した。と、何かが起きていることに気が付いた。

え？　何？　何かが変だ――

ねじが動いている。

ゆっくりとねじが回っているのだ。ぐちゃぐちゃした機械の塊のあちこちに付いたねじが、一斉にゆっくりと同じ速度で回り始めている。

これは、ハナコがやっていることなの？

遥はケースの中と、ハナコの表情とを交互に見た。

ハナコは落ち着いている。じっとケースの中を見つめているが、そんなに一心不乱という様子ではない。

やがて、次々と抜けたねじがかちゃかちゃと音を立ててケースの底に落ちた。ねじで留められていた細い鉄の管も、本体から外れて落ちる。

遥は混乱した頭で、目の前で起きていることを見つめていた。

凄い。本当に、何かのトリックではないのか？

思わずテーブルの周辺に目をきょろきょろさせてしまうが、ハナコはテーブルの上に腕を載せたままだし、ぴくりとも動かない。

ふと、底に落ちていた穴の開いたおはじきがふわりと空中に浮かんだ。

あまりにもためらいなくふわりと浮かんだので、異様なことが起きている感じがしなかったほどだ。

ケースの隅に、四本の細い金属棒が立ててある。

見るまに、おはじきの穴が金属棒に通され、かちゃんと底に落ちた。

色とりどりのおはじきはどんどん浮かび上がり、かちゃかちゃと四色の色別に金属棒に通されていく。たちまち十個ずつ、四十個のおはじきが棒に通された。

なんて速いの。一つずつというのならば分かる。だが、彼女は複数のおはじきを同時に持ち上げ、それぞれをよりわけて穴を棒に通しているのだ。

未だに遥は半信半疑だった。

ハナコはかすかに笑った。遥の気持ちを見抜いているようだ。

再びおはじきが動き始めた。今度は一番はじっこの棒から外れていく。底に溜まっていたおはじきは、まとめてすうっと宙に浮かび、滑るように棒から外れてUFOのように一列に宙に浮かんだ。と、ぱたりと一斉に底に落ちる。続けて、隣の棒のおはじきが同じように抜け、やはり空中に整列してからぱたりと落ちた。同じようにあと二色のおはじきが抜けて落ちる。

ほどなく、底に落ちていた鉄の管がすっすっと立ち上がると、本体のねじ穴の位置に吸い付くようにぴたりと止まった。続けて、生き物のようにねじが持ち上がり、それぞれの穴に吸い込まれてくるくると管を本体に留めていく。

あっというまに、最初の状態に戻った。

「本当に、あなたが？」

遥はしつこく尋ねていた。ハナコは苦笑する。

「何もトリックは使ってないわよ。どんなに偉大なマジシャンでも、ここでは役に立たない」

「どうやって？」

「あなたにもできるわ。トオルはどんな固いボルトでも外すことができるわよ」

遥はぼんやりとガラスケースの中のオブジェを見つめた。

動かしたいという気持ちと、ここで動かしたらもう後戻りできないという恐怖とが胸の中でせめぎ合っている。

「どんなふうにイメージすればいいの？」

のどがカラカラだった。ためらいと恐怖とが、胃の底でとぐろを巻いている。

「そうね」

ハナコは考える表情になった。

「動く、と思うのよ。動かせる、じゃなくて。そこにあるものが動く」

そこにあるものが動く。

遥は赤いおはじきを見つめた。

が、おはじきはぴくりとも動かない。暫く同じイメージを頭の中に描いたが、いっこうに変化はない。ハナコはその様子を見守っていたが、再び口を開いた。

「あなたは庭にいる。暫く庭の木を手入れしていなかったので、葉が茂り放題。あなたは剪《せん》定《てい》をしようと考えている。でも、切りたい枝は上の方にあって、手が届かない高さ。あなたは柄の長いハサミを手に持っている。手を伸ばして、ハサミを動かす。ハサミはあなたの手を離れたずっと先のところでその枝を切る。ちょきん、とね。あなたは今ハサミを持っているの。そこにおはじきがある。おはじきを切ろうとしているのよ——」

遥は庭木のイメージを思い浮かべる。

青空の下で、きらきらと緑の葉っぱが光っている。アメリカの家にあったレモンの木。長野で見たキンモクセイ。手を伸ばして伸ばして、長い庭バサミで上の枝を切る——

動かすのではない。そこにあるものが動く。

突然、かすかに五ミリほど赤いおはじきが動いた。

遥はハッとする。

ハナコは小さく頷いた。

「その調子よ。持ち上げてみて」

「そんな。とてもそこまでは」

「できないと思わないで。おはじきがフワリと持ち上がる、と思うのよ」

同時におはじきがふっと浮かんだ。

「これはあたし?」

「ええ。あなたよ」

自分でやっているのかどうか分からなかった。動かしているという実感は皆無だし、ただ勝手におはじきが浮かんでいるような気がする。

本当はハナコがやっているのではないか? 子供が自転車に乗る練習をする時、後ろに付いて補助輪の代わりをするように、ハナコが力を貸しているのではないだろうか。

何度かおはじきを持ち上げる作業を繰り返したが、気まぐれにわずかに持ち上がる程度で、全くコントロールできている感じはなかった。遥はイライラしながら精神を集中させたが、そのうちにすっかり消耗してしまい、ひどい疲労を感じた。

「今日はここまでにしましょう。また明日。寝る前に、イメージトレーニングを続けるといいわよ」

ハナコが立ち上がってドアを開けた。


訓練は毎日続いた。規則正しいストイックな生活には慣れていたが、ここまで完璧にプログラムの組まれた生活は経験がなかった。

しかし、遥は訓練に純粋な興味を感じていた。

自分の新しい能力を開発していく作業は面白くて、他のことを忘れていられた。

いったんコントロールすることを覚えると、遥の能力は飛躍的に精度と強度を増した。固いバルブの開け閉めも、ねじを嵌《は》め込むことも、同時に複数のおはじきを動かすことも、すぐに彼女はマスターしていった。それが何を目的としたものなのか、遥はあえて考えなかった。ただひたすら目の前のものを動かす技術を磨くことに集中した。

やがてその能力を一通り使いこなせることを認識したある日、遥はついにハナコに尋ねた。

「これは、なんのための訓練なの？」

ハナコは笑みとも緊張ともとれる奇妙な表情で遥を見た。

二人の間についにその時が来た、という沈黙が降りる。

彼女もまた、遥のその質問を待っていたのだと分かった。

ハナコはそっとテーブルの上にかがみ込み、遥の目を見ながら囁くように答えた。

「核ミサイルを解体するための訓練よ」

アメリカ政府は、ついに核ミサイルの解体作業中の事故であることを認めた。核ミサイルの解体作業は国際会議で批准した計画に沿って進められていたが、予定よりもひどく遅れていて、作業目標を少しでも達成するために、処理する量を増やした矢先のことであると。

爆発は収まったものの、研究所は二日間を過ぎてもまだ燃え続けていた。鎮火や現場作業の目途《めど》は全く立っていない。あまりにも事故現場周辺の放射能濃度が強過ぎて、一分と野外の作業ができないのだ。風は強まり、驚くべきスピードで放射能を周囲に散らした。爆心地から半径五十キロのところに風よけの高い石の壁が築かれ始めたが、放射能の拡散をとどめることは不可能だと誰もが知っていた。

世論や国際社会の非難が高まる一方で、早くも汚染地区と汚染地区から逃れてきた住民への差別が始まっていた。特に爆心地のあるニューメキシコ州に住んでいた住民は、ホテルへの宿泊や町への滞在を拒絶され、あちこちから受け入れを拒まれた住民たちは疲弊し絶望していた。このままでは難民化することは目に見えていた。政府は住民のために仮設のキャンプを作る準備を始めた。

周辺の自治体では続々と健康診断が実施された。飲み続けることで放射能を体外に排出するとうたった薬に周辺住民が殺到し、たちまち値段が高騰した。

放射能に対する不安は海外にも飛び火し、メキシコやカリブ海の国々から早くもアメリカに補償を求める動きが起こり、先進諸国の原子力発電所の周辺では核の恐怖を訴える人々がデモ行進を行っていた。

胸の底で根拠のない不安を押し殺しながら、高橋シスターと神崎はひたすら情報収集に努めていた。

「おい、研究所の滞在者の名簿が手に入ったぞ」

神崎がパソコンの画面を見て小さく叫んだ。

「でも、ルカが載っているかしら——もしそこにいたとしても、いないことになっているんじゃないの？」

「いや、意外とね、人間の存在というのは隠しきれないものなんだ。変に隠す方が目立つ。人間が暮らしていくにはいろいろなものを必要とするからね。名簿もいいが、経理記録かなんかがあればバッチリなんだがな」

「名前は偽名になってるだろうけど、年齢を見ていけばいいわね。いくらなんでも、十代であることをごまかすことはできないもの」

二人は目を凝らして夥《おびただ》しい名前を追っていった。

十一歳、という年齢を見つけて目を留める。

「これかしら？」

「タロウ・ウエハラ。男だよ」

「ルカは男の子に見えないこともないけど」

「このタロウといういかにも偽名くさい名前が怪しいな」

「でも、わざわざ男の子にする必要もないでしょう。こうして見ると、結構家族で住んでる人が多いわ。ルカが紛れ込むのはそう難しいことじゃないけど、閉鎖的な環境で成長期にあるルカが女であることを隠している方が大変だと思う」

「それもそうだな」

神崎も頷いて、名簿を探し続けたが、まだその名前に未練があるようだ。

高橋シスターはなぜ、というように神崎の顔を見た。

神崎は居心地悪そうに首をかしげる。

「なんとなく気になるんだ。日本人らしい名前はこれしかないし」

「タロウ・ウエハラ、ね」

二人はもぞもぞとその名を呟く。


最初は半信半疑だった。

こんな子供に、しかもほんの半月足らずの間に会った子供に国家機密であるそんな作業をさせるはずがない、と。

しかし、翌日から専門家がやってきた。多数の模型を持参し、専門的な解説が始まったのだ。実際、遥に求められているのは忠実なアーム役だった。考えるのは彼等で、遥は言われた通りに作業を進めるだけだった。

心の底ではまだ信じていないけれども、その一方でそういう手があったか、と思ったことも確かだった。これは怪物である自分を活《い》かす道かもしれない。一生軟禁状態で、二度と軍から解放されることはないかもしれないけれど、こういう仕事に従事できるのであれば少なくとも自分が世の中に役に立ったと思って死ねるかもしれない。

遥の心に、一つの明るい光が射したような気がした。

そうだ。それこそ自分にうってつけではないか。なにしろ手を触れずに離れたところから操作することができるのだ。自分こそがその仕事をすべきなのではないか？

その考えは遥の心の片隅で小さな火を点した。

遥は真剣にミサイルの解体を勉強した。軍が本気なのかどうかは分からないが、それができるものならやりたいと心の底から願った。

常に自分が化け物であり、真に孤独な生き物であることを認めてはいても、やはりそのことに慣れることは難しい。人間は与えることでしか成長できない、という聖心苑の苑長の言葉が遥の頭を過《よぎ》った。無償の何かを他人に与えることでしか、結局人間は精神的な充足を得ることができないのだと。

自分にも何かを他人に与えることができるのだろうか。

眠りに就く前に、遥はそう自問した。

できるのかもしれない、と遥は自分に言い聞かせた。

一通り解体を覚えると、トオルとの共同作業が始まった。

しかし、それでもトオルと顔を合わせることはなかった。

解体の練習は、小さなスタジオのような場所で行われた。中央に作業場のようなところがあって、周りを小さなブースが囲んでいる。遥はブースの中からガラス越しにミサイルを見る。ミサイルだけに照明が当たっていて、やはりガラス越しになっている他のブースの中は見えない。トオルは恐らく、ミサイルを挟んで反対側にいるらしかった。

専門家がブースの中から指示を出し、遥とトオルは半分ずつ両側から作業を進め、一緒に部品を持ち上げて降ろす、といった技術もこなせるようになった。

恐ろしいほどぴたりとタイミングの合った作業ができることに遥は一種の恍惚感を覚えた。時折トオルの声が聞こえたが、作業に慣れた今は会話の必要もないくらいだった。二人の解体のスピードは日に日にアップしていった。

唯一の気掛かりは、アレキサンダーに会えないことだった。

遥が何度懇願しても、ハナコは遥をアレキサンダーに会わせようとはしなかった。

船の規則なのよ。上陸して、研究所に着いたらね。

ハナコは何度もそう繰り返した。

随分長い間会っていないような気がする。

遥はアレキサンダーの感触を思い浮かべる。今彼は何を考えているのだろう。ナポレオンと一緒にいるのだろうか？　二匹で何かを語り合っているのだろうか。

そして、トオルは――

「あんたたちを一緒の空間に置くわけにはいかないわ――ハルカも気付いているでしょう。あんたたちは共鳴している。いや、共振と言った方が正しいかな」

その日の訓練を終え、部屋に戻る途中で、ハナコが独り言のように呟いた。

「共振？」

「物質は常に揺れているということは知っているわね？　それぞれの物質が固有の振動数を持っているということも」

「ええ、聞いたことがあるわ」

「メキシコかどこかの地震でこの現象は有名になったわ。震源地から離れていたのに、特定の建築物だけが震源地と同じくらい激しい崩壊を起こしたのよ。地震の震動数と、建物の持つ固有の震動数が一致したのね。それで激しい揺れを起こしたわけ」

「あたしとトオルがそれだと？　一緒にいたら何が起きるというの？」

「あの団地で経験したそうね――建物が膨らんで壊れたとトオルから聞いたわ」

まさか。まさかそんなことが。

「あんたたちはお互いの力を増幅させるのよ」

「そんな。いくら双子だからって、あたしたちは二卵性だから遺伝子は同一じゃないわ。そんなことってあるかしら」

「あたしにはそうとしか思えない」

遥は落ち着かない気分になった。初めてトオルに会った時に感じた暗い予感を思い出したのだ。

何が起きるというのだろう。あたしたちはどうなるのだろう。

部屋に入る時、暫く太陽を見ていないことに気付いた。


ようやく久しぶりに空を見たのは、研究所に着いた日の夕方の空だった。

船が港に着いてから、丸一日以上経っていた。

遥たちは積み荷の一つとして大きな木箱に入れられると船から運び出され、そのままトラックに載せられた。移動の苦痛を紛らわすために睡眠薬が与えられていたので、遥は揺れる箱の中でうつらうつらとしていた。木箱はたくさんあるらしく、そのどれかにトオルが入っていることは分かっていたが、時々浅い眠りの時に話しかけてくるトオルの声をかすかに感じた程度で、時間の感覚は完全に溶けてしまっていた。

ハルカ？　もうすぐ僕が住んでいた家に着くよ。そこから研究所に通うんだよ。地下に大きな格納庫があるんだ——僕は小さな頃からミサイルを見て育ったのさ。いつかこれを処分するのが仕事なんだって。僕はハナコ先生と育ったんだ。とても空が広いんだよ。季節の変わり目は風が強くって、砂ぼこりに悩まされるんだ——

そうか。トオルはまさに軍をゆりかごとして育ったのだ。彼の帰属意識の強さ、仕事への愛着はここに起因しているのだ。

遥は少し安堵した。彼はいわゆる『世間』というものを知らずに育ったのだろう。

自分とはあまりにも異なるトオルの歳月に、遥は気が遠くなるような感覚を味わった。ものごころついた頃から逃亡する毎日。母は目の前で凄まじい死を遂げ、父は女になり、あちこちを転々として、今日見つかるか、明日捕まるか、といつも周囲を窺う日々。

一方、トオルは世の中から隔絶された研究所で育ち、無菌状態で判で押したような毎日を送ってきた。軍のため、国のために生きることを徹底的に刷《す》り込まれて。

どちらが幸せなのかは分からない。だが、それでも彼は弟なのだ。この親近感、一体感。

彼は確かにあたしの肉親なのだ。

だだっぴろい空間を走っている雰囲気があった。

車はひたすら長い距離を進んでいく。

丸一日は走っていただろう。その間も、遥はうつらうつらと眠ったりハッと目を覚ましたりしていた。不思議なことに、遥が目を覚ますとトオルも起きるようだった。


ハルカ？　ハルカ？　そこにいるよね――

ここにいるよ、トオル――


夢心地に互いの声を聞きながら、遥は赤ん坊のようによく眠った。野生動物は、動物園で飼われると横になって眠るようになるという。

まるであたしはキリンやシマウマのよう。こんなにぐっすりと好きなだけ眠れるなんて、いったいいつ以来のことか思い出せない。大きな組織に帰属するということは、なんて楽なことなんだろう。自分で未来を決定せずに、誰かが全部することを決めてくれるということは、なんて心が軽いことなんだろう。高橋シスターやみんなには悪いけれど、軍の保護下に入ることがこんなに楽で心休まるなんて思わなかった。

これまではいつもむき出しのまま戦ってきたけれど、こうして身体を丸めて眠っていると、大きな力に守られているという実感が湧く。

トオルや、他の子供たちはこんな感じを味わいながら育ってきたんだな。

そう考えると、自分が哀れでありいじらしくもあった。いかに無理をしてきたかということが身に染みた。

大勢殺しているしね。

冷たい声に囁かれたような気がして、遥はびくりと全身を震わせた。

忘れるのよ、そんなこと。今のあたしは守られている子供。そんなことを心配する必要は全然ないんだから。大人たちが、先生たちが、なんでも解決してくれるんだから。

何も考えなくていいの。あんたは先生たちの指示通り、ミサイルを解体していればいいのよ。そうすれば、みんなの役に立つことができる。誰かが頭を撫でてくれる。

ようやく木箱から出るとそこは小さな家具と大きなベッドの置かれた普通の家だった。長旅にぼんやりしていたが、遥は窓に吸い寄せられた。

暮れなずむ空。巨大な空が透き通っていく。

それでも、久しぶりに拝んだ空はこの上なく眩しく感じられた。

確かに、トオルの言うようにここは空が広い。

これまで見たこともない広大な風景があった。

なんて遠いところ。なんでこんなところにあたしはいるんだろう。

全てが夢の中の出来事のような気がした。

ここであたしは暮らしていけるのだろうか。毎日研究所に通い、判で押したような日々を過ごしていけるのだろうか。だが、最早そうする以外に道は残されていない。既にあたしは国家機密に足を踏み入れているのだ。

ハナコがピザを温めてくれ、遥は牛乳で無理やり流し込むとベッドに入った。あんなに眠ったはずなのにまだ眠かったし、全身は疲弊していた。

「長旅で疲れたところ悪いけれど、早速明日から実地で解体作業を試してみて貰うわ。予定を大幅に遅れているのよ」

その声を聞きながら眠りに就く。

ふと、心の底から突然疑問が湧いてきた。

あたしはまだ一度もトオルという少年の顔をよく見たことがない。あの、団地の瓦礫《がれき》の中で彼の姿を感じただけだ。

あの声は本当に存在しているのだろうか？

トオルという少年は、本当に存在しているのだろうか？

翌朝は、早くに目を覚ました。鳥の声が広い空を渡ってゆく。

ハナコはもう起きていて、朝食の準備を整えていた。

「トオルと専門家の先生は、もう現地に向かっているそうよ」

「トオルは」

目玉焼きをつつきながら、遥はいつのまにか尋ねていた。

「本当にこの世に存在しているの？」

ハナコはきょとんとした顔で遥を見ると、弾けるように笑い出した。

「何を言い出すかと思ったら。あたしが会わせないから？　共振が心配だからと言ったでしょう」

「あたしはまだ一度もトオルの顔を見たことがないのよ。見ようと思っても靄《もや》がかかったみたいで見られないの。おかしいわ。船の中では、一度も全体像を見通すことができなかった。一緒に前はあんなに鮮明に見られたのに——でも、声は聞こえる。トオルの存在は感じる。一緒に解体作業もしているし、一体感もある。なのに、トオルの顔を知らないのよ。これって変じゃない？」

ハナコはじっと遥の顔を見ていた。

「そうね。不自然ね。この世で唯一の肉親だというのにね」

「ずっとこのままの状態が続くの？　あたしは自分の弟の顔を見ることができないの？　あたしたちはお互いに人質なの？　今更元の生活に戻ることなどできないことは分かってるわ。解体作業だって、きらんとやる。だから、トオルに会わせて」

遥は訴えた。

「――分かったわ」

少し間を置いて、ハナコはまたあっけに取られるほどあっさりと承知した。

「今日の作業の実験が終わったらね。一緒に昼食をとりましょう。約束するわ。トオルは確かに存在しているんだから。疑ったらかわいそうよ。トオルはハルカのことをとても慕っているのに」

二人は家を出て、車に乗った。

今日も素晴らしい天気になりそうだった。

小さな集落を出ると、乾いた大地が広がっている。朝の世界は活力を秘めた沈黙に満ちていた。

「トオルが言っていたわ――ここの空は広いって。本当に、こんなに広い空は見たことがない」

広い道路には、全く対向車がなかった。これらの道路は、研究所のためだけの道路なのだ。

見通しのきく平地に、小さな飛行場が見えた。幾つかのヘリコプターやセスナが止まっている。そのおもちゃのような大きさを見て、改めてこの研究所の敷地の広さを実感した。その気になれば、一生誰とも顔を合わせないまま生活できるかもしれない。

「静かね。なんて静かなところなの。知らなければ、とても大きな施設があるなんて分からないわ」

地平線からぬっと巨大な岩山がせり出していて、その前に豆腐を幾つも並べたようなひらべったい白い建物が並んでいた。

「あの岩山を掘り抜いて、地下に処理する核ミサイルが収められているのよ」

そう言われても実感が湧かなかった。見渡す限り、ばかばかしいくらいがらんとした大地は、地下にそんなものを隠し持っているとは思えなかった。

「なんてまっすぐな道――こんなまっすぐな道、日本ではめったにお目に掛かれないわ」

岩山に向かって定規で計ったように延びる直線の上を走りながら、遥はどこか空恐ろしい気分になった。

「そうですってね。この道は、破滅へと続いているのよ」

ハナコはクスリと笑った。

「あたしはいつも思うの。世界はきっとこんな日に終わるんだなって。空はこんなに晴れてきれいで、澄み切っている。世界はとても静かで、あたしは一人で車を走らせている。この瞬間に世界が終わってしまったらどんなにいいかしらって」

遥はハナコの顔を見た。

「この先にあるのは研究所——税金を湯水のごとくつぎ込み、千人近くの職員を使い、世界を破滅させるものを毎日研究しているのよ。思うに、アメリカ軍というのは男性なるものの最後の象徴だわね。世界はもともと女のもの。生物だって、もともとはメスで誕生して、性染色体やホルモンのおかげでようやく男になれるのよ。男というのは、『なる』ものなの。『なる』ことを望まなければ男にはなれない。人類が生まれて、世界はいつも男の世界を目指してきたわ——男性なるものという極めて抽象的なイメージの世界をね。主義、主張、征服、支配、秩序。男の作る社会はいつだって理屈と理念ばかりでそれが世界を窮屈にする。でも、これまで彼等が妄想の上に築き上げてきたその世界に、ついに軋《きし》みが出たの。あたしはアメリカ軍を思うとき、滅びゆく男性的な世界を連想するのよ。世界の潮流は、より具体的で身体的な女性の世界に向かっているの。アメリカ軍は、男たちの最後の牙城《がじょう》なのよ」

ぽかんとして聞いている遥の表情に気付いたように、ハナコは横顔で笑った。

「別にあたしはフェミニズム信奉者じゃないんだけどね。いつもこの道を走っているとそんなことを考えるのよ。そして、この道は時代に逆行する滅びの道だと」

本当に不思議な人だ。こんなことを公共の場で言ったら、限りなく保守に流れつつあるアメリカの世論が黙ってはいないだろう。

「あなたはいったい誰なの？」

遥は改めて聞いた。本当に、心の底からその答を知りたいと思った。彼女はどこでも一人で行動している。誰かがそばに付いているのをほとんど見たことがない。空母でも、研究所でも、自由に出入りしているのだ。

ハナコは再び声もなく横顔で微笑んだ。

「あたし？　あたしは幽霊なのよ。実体がないの。だからどこにも出入りすることができるのよ」

祈りの塔にも似た、切り立った岩山が見る見るうちに目の前に迫ってきた。


奈落の底。

その場所に立った時、そんな言葉が頭に浮かんだ。幾重もの詰め所を抜けた奥にその場所はあった。

ひんやりとした空気。底の見えない深い闇。

あたしが宇宙人だとしたら、これを人類の遺跡だと思うだろう。

殺風景に切り開かれた洞窟の中には、累々《るいるい》と冷戦の負の遺産が積み上げられていた。

巨大な空間はひっそりと静まり返っていた。

「まだ今日の搬入は始まっていないわ。毎日、アメリカじゅうからここにミサイルが運び込まれ、解体された核が地中深く埋められているのよ。誰もどうやってその処理をしたらいいのか分からない。答が出るまで埋めておく。そういう子供じみたことを、ここでは大の大人がえんえん繰り返しているわけ」

行く手に、大きな直方体の箱のような黒い建物がそびえていた。

訓練の時使った施設をそっくりそのまま大きくしたような建物だった。鉄のステージを囲むように、強化ガラスに遮られたブースが並んでいる。

パッと照明が点り、鉄のステージに載せられた大きなミサイルが目に入った。

遥は緊張する。

「これは、もう弾頭が外してあるの。まずはこれをばらばらにすることから始めましょう」

暗いブースに入る。

おはよう、ハルカ。いよいよだね。僕も実地で作業するのは初めてさ。ゆうべはよく眠れなかったよ、どきどきして。

壁を隔てたところに、トオルの存在を感じた。

強くて、暖かい。この存在感はやはり嘘ではない。確かに彼は存在している。

こうして感じている時は、露ほども彼の存在を疑ったりしないのだが。

今日は、学者は来ていなかった。ハナコの指示で、二人はミサイルを持ち上げ、手際よく順番に解体をこなしていった。さんざんイメージトレーニングと模型での訓練を繰り返していただけあって、望みうる最短の時間でそれは終わった。

「問題はなさそうね。それでは、もう少し試してみましょうか。左の奥に五つの白いミサイルがあるでしょう？　あれを一つずつステージに運んで」

数百キロにもなるミサイルが、すうっと生き物のように宙に浮かぶのを、遥は当然のもののように眺めていた。今、ここには見えないクレーンが動いているのだ。

遥は言われるままに、機械的に解体を始めた。実にスムーズに、リズミカルに、作業は続いている。

途中、かすかにミサイルが揺れた。トオルとのタイミングが微妙にずれているのだ。

トオル？　どうしたの？

遥は声を掛ける。

ごめんごめん。ちょっと気分が悪くなっちゃって。もう大丈夫。

少し慌てた声が返ってくるが、その言葉の通りすぐにタイミングは回復した。

ハナコは迷わずてきぱきと指示を与えていく。

なんだかいつもと手順が違うような気がする——

滑らかに作業を進めながらも、遥はどこかで違和感を覚えた。

ふと、何かの光を見たような気がした。

え？

見間違えかと思ったが、確かに何かが点滅していた。ミサイルの横に付いている計器の小さなモニターが光っているのである。

「あっ、あれ——あれは」

遥は小さく叫んだが、五つのミサイルは次々と点滅を始めていた。明らかに何かが作動している。

「ご苦労さま。今日はこれで終わりよ」

遥の叫び声を封じるようにハナコの落ち着き払った声が聞こえた。

「ハナコ、あれは何？　動いてるわ、五つとも」

「ハルカ、トオルに会わせるわ。外に出て」

悲鳴に近い遥の声を遮り、マイクのスイッチがブツリと切られた。

ドアを開けたとたん、ウオーン、ウオーン、という警告音が高い天井に響き渡っていた。遥は頭の中が真っ白になる。

これはどういうことなの？　どこかで操作を誤ったのだろうか？

耳を塞ぎ天井を見上げた遥は、目の前に誰かがいることに気付いた。

車椅子に乗った、痩せた老人。車椅子の後ろには、ハナコが立っている。耳をつんざくようなけたたましいサイレンが鳴っているのにも全く構わないかのようだ。

「ハルカ、紹介するわ。あなたが会いたがってたトオルよ」

トオル？　この老人が？

遥はあっけに取られてその人物に目を凝らした。そして、愕然とした。

確かによく見ると、そこに座っているのは遥と同年代の少年だった――だが、彼は老人だった。顔も喉元も、膝に載せられた手も、九十歳の老人のようにかさかさで多くの皺が刻み込まれている。しかし、表情や体型はどう見ても十歳そこそこの少年なのだ。

「トオル？」

ハルカ。会いたかった。

少年の顔がかすかに笑ったような気がした。口を動かそうとしているのだが、声は出ていない。彼は、声を出すことができないのだ。直接、遥の内側に話しかけることしかできないのだ。

声はこんなにも若々しい少年なのに。

肉体はもう死に際の老人だが、内側には天才の生命力が潜んでいる。そのギャップが信じられなかった。

ハナコが穏やかな表情で口を開いた。

「ハルカ、ご協力ありがとう。おかげで、三人でスイッチを入れることができたわ」

「スイッチ――」

「ええ。今朝も言ったでしょう。こんなふうに世界の終わりは始まるの。静かな朝、たった三人しかいないこの地下の格納庫で。ひっそりと、何の変哲もない一日の始まりと共に、世界の終わりは始まるのよ」

「まさか」

遥はミサイルのある方角を振り返った。

「あと十分で爆発して、ミサイルは格納庫の奥に突っ込んでいくわ。どのくらいの連鎖反応があるかは、開けてみてのお楽しみってところね」

遥は、文字通り頭の中が真っ白になった。

爆発――格納庫の奥――連鎖反応――核燃料。

あたしはついさっきあそこで何をしたのだ？　この女は何をしでかしたのだ？　この女はあたしに何をやらせたのだ？

遥は言葉もなくハナコを見つめた。ハナコは落ち着いた様子でトオルに微笑みかけている。

トオルも必死に顔を動かして、その笑みに応えようとしている。

狂っている。この二人は。

全身を戦慄が走り抜けた。冷たい汗がこめかみにどっと吹き出す。

いよいよサイレンは耳に突き刺さってくる。

解体。ミサイルを解体しなければ。

「無駄よ」

ブースに飛び込もうとする遥にハナコは冷たく叫んだ。

「安全装置は外れてる。もう誰にも止められないわ」

たった三人しか立ち会う者がいないなんて。

遥の頭の中にはそんな言葉が浮かんでいた。世界は終わろうとしているのに、見学者はたったのこれっぽっち。子供が二人と、女が一人。なんてもったいない。

「なぜなの」

遥の唇の動きを読んだのか、ハナコはあくまでも静かな目で彼女を見た。

「トオルはあなたの弟じゃないわ。あなたのパパよ」

一瞬、ハナコの言葉の意味が分からなかった。

「伊勢崎博士は、あたしの卵子を手に入れて自分の細胞を埋め込み、電気で刺激を与えて自分のクローンを作ったの」

遥はトオルの顔を見た。トオルは何も言わずに遥の顔を見つめて微笑む。もう、身体を動かすことができないのだろう。

「あたしはいつのまにか受精卵を子宮に戻され、妊娠させられていたのよ。博士は自分のクローンをあたしを代理母として産ませたの。あなたと同じようにフィードバックして。どうしても、男性でフィードバックを試してみたかったんでしょうね。あなたの誕生と時期を合わせて、どのくらいの差が出るかも実験したかったのよ」

「うそ。パパが。パパがそんなことを」

「するわよ。自分の娘ですら実験材料にする男ですもの。あたしのような化け物なんか興味深い実験対象でしかないんだわ」

「でも——でも、トオルは」

「トオルはあたしが育てたわ。博士も軍もそれがいいだろうとあたしに家と仕事を与えたの。それはいいの、あたしはトオルを産んだことは後悔していない。誰がなんと言おうとあたしの息子だもの。トオルは博士の息子、あたしの息子はタロウ。タロウ・ウエハラ。ハナコの息子はタロウだわ」

ハナコはトオルの隣にかがみ込み、愛おしそうにトオルを抱き締めた。

トオルはされるがままになっている。その表情は全く変化せず、なんの感情も読み取れない。

遥はそれを見たとたん、全身をずきんと激しい痛みが走り抜けるのを感じた。

血まみれのママ。恵美子の目の涙。ユキオの笑顔。

さまざまな表情が脳裏に巻き戻される。

ああ、それでもこの人は——ハナコは、それでもパパを愛していたのだ。

ひとかけらの愛情もなく、人権すらも無視されて、妊娠させられ単なる実験動物の扱いを受けていても——それでも、ずっとパパを愛していたのだ。

だからその娘を手に入れ、滅亡のスイッチを一緒に押させたのだ。

「あんたに危害を加える人間は許さないわ。マイケル・カナヤ。なんて卑劣な。一撃であの世に送ってやっただけ有り難いと思ってほしいわ」

ハナコの目に激しい憎悪が浮かんだ。

マイケルを殺したのは、ハナコだったのだ。

児童ポルノの愛好者が、こんな姿の少年を？　ふと脳裏にそんな下世話な疑問が浮かぶ。

ハナコはそれすらも見抜いたように乾いた笑みを漏らした。

「この子はハルカにそっくりだったわ。本当に、天使のように美しかったのよ。こんな姿になってしまったのはここ数か月のことだわ――いつか来るかもしれないと思っていたけれど、こんなに早く、こんなに急速にやってくるとは」

ハナコはそっとトオルの頬を撫でた。

クローニングの成功率は、現代の動物実験でもせいぜい五パーセントだという。クローンが誕生しても、多くの生物は生き延びられない。原因不明の疾病《しっぺい》でほとんどが死んでしまう。トオルの姿は、老人病というものに酷似していた。人間の細胞には生命時計が組み込まれていて、生涯のうちに再生される回数が決まっている。その回数を使い切ると、老衰で滅びるというわけだ。だが、人によってはその回数が極端に少ない人間がいる。子供のうちに、もう生涯の時間を使い切ってしまうのだ。

クローンであるトオルの身体は、生命時計に異常があったのだろう。だからこそあれだけの精神感応力が発達したのかもしれない。

「なぜ。なぜなの。なぜ世界を道連れにするの」

遥は胸の痛みをこらえながら呟く。

こんな痛みは味わったことがない。なぜこんなに胸が苦しいのだろう。なぜこんなに悲しい気持ちなのだろう。自分の死は恐れてはいなかった。いざという時は自分で始末をしようと決心していた。だけど、こんなのはひどい。こんなのはひどすぎる。何の準備もできていないのに。こんなに心が乱れているのに。

「さあね。理由なんかないわ。男性なるものの世界に愛想が尽きたのよ。この世界はこんなふうに、突然終わるのがふさわしいわ。神だって、この世界を作り出したのに理由なんかないに違いないのよ。何かのいたずらで、何かのまちがいでたまたまこの世界ができてしまったんだわ。だから、狂った女の気まぐれで、ふとした拍子に終わってしまうのがふさわしいのよ」

ハナコは既にそのことに興味を失っているようにすら思えた。

独り言のようにぼそぼそと呟いている。

ハルカ。

なすすべもなく立ち尽くす遥の脳裏に、トオルの声が響く。

会えて嬉しかったよ。ハナコ先生を――ママを許してね。

許す？　何を許すというのだ？　あたしが何を許せるというのだ？　あたしが誰を許せるというのだ？　これまであたしが殺した人々を？

遠くでガシーン、ガシーン、と重い物が動く音が響いた。防火扉が閉まっているのだ。しかし、今から逃げたところでどうしようもなかった。

不意に、どこかに青白い光を見たような気がした。何かが化学反応を起こしている。

「いつかどこかで」

ハナコが呟いた。

「みんなで会えるといいわね」

みんな。みんなとは誰だ？

遥の頭の中にあるのは圧倒的な孤独だけだった。

目の前には、寄り添う親子がいる。だが、やはり遥は一人。この最後の瞬間も、一人ぼっちなのだ。

いつも一人だった。いつも、いつも。

遥はぼんやりと青白い光を見上げた。光はいよいよ輝くように膨らみ始める。何が光っているのか、何が燃えているのか分からない。

焼き尽くせ。全て。

父の声が響く。

このことだったの、パパ？　あたしがこうすることを予感していたの？　これがあたしの役目だと？　こうなる運命だったと？

炎が見える。世界を焼き尽くす炎、全てを飲み込む炎。

なぜなの、パパ？　なぜあたしは生まれてきたの？

世界を焼き尽くすため？　真の孤独を噛みしめるため？

眩いばかりの光が巨大な洞窟の中に満ちていた。


きれいだね。


トオルの無邪気な声が頭の中に響く。

いつのまにか視界が歪んでいた。遥は棒立ちになったまま泣いていた。ハナコの顔も、トオルの顔ももう見えない。

あたしはなぜ泣いているんだろう。世界の終わりのためか、もういない誰かのためか。最後に聞いた弟の声が切ないからか。それとも最後の瞬間まで一人ぼっちの自分のためだろうか？

光はいよいよ勢いを増してゆき、全てのものの輪郭を飲み込んでしまった。

そして、その数分後に、世界を足元にひれふさせる神々しい閃光が走った。

VOLUME 5　化生《けしょう》

山を吹き抜ける風に、竹の葉が白くチラチラと光りながら舞い上がった。

陽射しは強いけれど、そのどこかに季節の終わりが近付いている予感がある。

最後の蟬が未練がましく遠くで鳴いていた。まもなく、ぜんまいが切れたように力尽きてボトリと地面に落ちるに違いない。

男は狭い山間《やまあい》の道を登っていた。古い石畳の上は、散り始めた広葉樹林の葉で早くも埋め尽くされようとしている。

黒のスーツにサングラス。男はステッキを手に、一歩一歩足元を確認するように地面を登っていく。顔に当たる木洩れ日を感じながら、男はのろのろと山道を歩いていた。

途中で息をつき、顔を上げる。赤紫色に咲き始めた萩の花が目に入る。そして、その茂みのずっと上に、ちらりと古びた小さな山門が見えた。

やれやれ、やっと見えてきたか。

男は安堵と舌打ちとを半々に苦笑を浮かべ、再びゆっくりと歩き始めた。

九十九折《つづらお》りの山道は、山門が目に入ってからもなかなか彼に近付くことを許さなかった。見られてるな。

男は足元に目をやりつつも、頭上に意識を集中していた。

山門に至る道はこの一か所のみ。登ってくる者は無防備に観察されることを余儀なくされる。

男はステッキを使いつつ、わざとのんびり坂を登った。実際、この長い坂は想像以上にきつかった。

最後の急な坂を終え、山門の前に立った時、彼は演技ではない息をついていた。

サングラスを外し、そっとこめかみの上を撫でる。そこには何度となく撫でたピンク色にひきつれた肌があるはずだった。その感触を確かめ、呼吸を整える。

いかにもこぢんまりとした山寺だ。お堂は更に上がったところにあるらしく、屋根が遠く高いところに覗いていて、右手にはひっそりと林に囲まれた地味な日本家屋が見える。

「何かご用でいらっしゃいますか？」

萩の茂みの陰から、痩せた中年女が出てきた。手には柄杓《ひしゃく》と桶《おけ》を持っている。

さすが、絶妙のタイミングで出てきたな。

男は心の中で小さく笑った。

剃髪《ていはつ》もしておらず、平服でいるところを見ると、手伝いといったところか。しかし、柄杓と桶は伊達ではない。女には全くスキがない。空手か、合気道か。かなりの使い手であることは確かだ。これほどの使い手であれば、柄杓と桶でも立派な武器になる。

「突然お邪魔する無礼をお詫《わ》びいたします」

男は静かに頭を下げた。

「私、長野の蓮華寺の上田住職さんに紹介されて参りました橋爪と申します。実は、姉の行方を探しておりまして——なんでも六年前にこちらに何か月かお世話になったと聞きまして。姉の夫は二か月前に交通事故で亡くなりました。もう逃げ回る必要はなくなったと姉に伝えてほしいんです」

女はハッとする表情になった。

たちまち警戒と緊張とがその穏やかな顔に浮かんでくる。

「私には分かりかねますので、別の者を呼んで参ります。どうぞこちらでお待ち下さい」

女は硬い表情で、男を右手の日本家屋の中の小さな和室に案内した。

男はゆっくりと靴を脱ぎ、こざっぱりした和室に入る。

「ちょっと足を痛めているもので、崩して座ってもよろしいですか?」

「ええ、お楽になさって下さい」

女はお茶を出すといずこともなく姿を消した。

男はじっと部屋の中を観察した。

天井に一つ。なるほど、ここで訪問者を観察するわけか。古びた日本家屋と見せかけているが、かなり改造が加えてあるらしい。ここは、実際に長年女たちの秘密の駆け込み寺として使われてきたということだ。特定の人間の紹介以外に、この場所を知る者はほとんどない。見た目よりも遥かに警備は厳重だ。だったら、必ずあの山道以外にも山を降りる抜け道がどこかにあるはず。

男は辺りの気配を窺った。この家は無人だ。もしかして、この家のどこかにいるということが有り得るだろうか？

男は家の中を歩き回りたいという欲望を必死に抑えた。こちらの行動が筒抜けになっているからには、今ここで動き回るのはまずい。

縁側の障子越しに、揺れる木々の影が畳に映る。

庭を灰色の影がサッと横切ったような気がして、男は顔を上げた。

今のは？　あれはまさか――

男は思わず腰を浮かせた。障子を開けて、野趣《やしゅ》溢れるというよりも半ば荒れ放題の庭に目を凝《こ》らす。

しかし、そこには小さな花を付けた野草が風に揺れているだけだった。

まさかね。

男はネクタイを整え、足を投げ出して再び座った。

と、玄関の引き戸が開く音がして、誰かが入ってくる気配がした。

男は背筋を伸ばし、見苦しくないように座り直す。

「お待たせいたしました」

剃髪も青々とした、若い尼僧《にそう》が入ってくる。

男は小さく会釈した。

尼僧は彼の前に座ると、じっと彼を見た。

「お尋ねの方の行方は、こちらでも分かりません。確かにここでは以前何度か個人的な問題を抱えていらっしゃる方が滞在したことがございますが、こちらからは事情はお聞きしませんし、とどまることも去ることもご本人の意思に任せています。ですので、私どもからここにいた方に連絡を取るのは不可能なのです」

尼僧は涼しげな目で彼に話しかけた。

「ここまでご足労いただいたのに、こんなお話しかできなくて申し訳ないのですが」

口調は丁寧だが、それ以上の追及をはねのける強さがあった。

男のような客には慣れているのだろう。この尼僧にも、若さに似合わず場数を踏んだしたたかさが感じられた。こんな山奥のシェルターに逃げ込むからには、どの女も深刻な事情を抱えている。債権者や暴力夫があの手この手で女たちの居場所を突き止めようとやってくるはずだ。

「そうですか。分かりました。もし、彼女から連絡が入るようなことがありましたら、そういう話が弟からあったと伝えてください。七月二十日付の新聞を見れば記事が載っていると」

男は深く追及せずに腰を浮かせるふりをした。

尼僧はホッとしたように立ち上がる。

「ここまでいらっしゃるのは大変でしたでしょう。暫くお休みになってからお帰りになっては」

尼僧は難儀そうに立ち上がろうとする彼に手を差し出した。

「それでは、もう一つ伺ってもよろしいでしょうか」

「はい」

今だ。

男は尼僧の手をつかむと同時に、その白い喉元にナイフを突き付けていた。

尼僧の涼しげな目が凍り付く。

「ここに十二歳くらいの女の子がいるだろう？　その子に会わせてくれ」

男は低く静かな声で囁いた。

「女の子？」

尼僧は硬い表情で聞き返す。

「そうだ。伊勢崎遥という女の子だ。そう名乗っているかどうかは分からないが。小柄な子だ」

「そんな子はいません」

「嘘だ。二か月ほど前に、ここに子供が入るところが目撃されている。背格好が伊勢崎遥によく似た女の子だ」

「間違いです。ここには子供はいません」

尼僧は徐々に緊張を募らせていたが、それでも青ざめた顔できっぱりと言った。さすがに肝《きも》が据わっている。若いのに、褒《ほ》めてやりたい。

「探させてもらう。つきあってくれ」

「お断りします」

男はナイフを持つ手に力を込めたが、その時、頭の後ろでカチリという音を聞いた。いつのまに。

「ナイフを捨てなさい」

すぐ後ろから女の声が響く。

「でないと頭に穴が開くわよ、ハンドラー」

頭に押しつけられる銃口を意識しながら、男は無言でナイフを畳の上に放り投げた。

「両手を上げてゆっくり立って。障子を背に向けて立つのよ」

床の間か？　どこかに仕掛けがあるに違いない。この女は、隣の部屋で二人の会話を聞いていたのだろう。

男はふらつきながらもゆっくりと立ち上がり、障子の前に立ち、振り向いた。

そこには拳銃を構える、黒い尼僧服を着た女が立っている。

男は目をぱちくりさせた。

「こんな山奥の寺にシスターがいるとはね」

「仏様は寛大なのよ」

女はにこりともせずに答えた。


崖っぷちにある小さなあずまやで、高橋シスターとハンドラーは向かい合って座っている。

銅葺きの屋根に、四本の柱。石のテーブルを囲むように木の長椅子が置かれている。

これからの季節は、月見台にも使われる場所なのだろう。風流な雰囲気の漂う、こぢんまりした建物だ。

一見、二人は昔なじみの友人のように見える。山の中のあずまやでなごやかに時を過ごす男女。しかし、よく見るとシスターの手には拳銃が握られているし、あずまやを見張るように、二人の女が離れたところに立っている。

「『ZOO』はもうなくなったわ。なんであんたはまだ遥を追っているの？」

高橋シスターは静かに口を開いた。

ハンドラーは小さく左右に首を振る。

「俺が追っているのは伊勢崎遥じゃない。アレキサンダーさ」

高橋シスターはじっと男を見た。ハンドラー。彼女はこの男がそういう名前で呼ばれていることしか知らない。そして、この男がアレキサンダーを育てたのだということしか。ハンドラー。まさしく、この男にとってはその名前が人生の全てなのだ。

「だけど、あんたも知っているでしょう。遥はアメリカで死んだわ。あの軍事施設の核爆発事故で」

「表向きにはそういうことになっているらしいな」

「表向きも何も、彼女は爆心地にいたことが分かっているのよ。助かるはずはないわ」

高橋シスターはあきれたような声を出した。

「それよりも、まず、あんたが生きていたことの方があたしには驚きだわ。博士の別荘ごと吹き飛んだと聞いていたけど」

男は小さく笑ってこめかみのひきつれを見せた。

「火傷《やけど》はあちこちに残っている。だが、俺には爆発事故に関する妙な悪運があるらしい。あの子の母親の時も助かったしな——今度はリビングのテーブルに助けられた。一枚板の、立派なテーブルだった――あれが衝撃の緩衝材《かんしょうざい》になったらしい」

「良かったわね、と言いたいところだけど、素直に言えないのがつらいわ」

高橋シスターの言葉に、男は小さく笑った。

「俺だってこうして生きてるんだ。伊勢崎遥も生きている」

男の確信に満ちた言葉に、高橋シスターは鼻白んだ表情になる。

「爆弾と核爆発を一緒にしないでちょうだい。爆発の衝撃を万が一逃れられたとしても、あの凄まじい放射線の中では、成人していない子供はひとたまりもないわ」

「茶番だ」

「え？」

「とんだ茶番劇さ」

「なんですって？」

「あの事故が予定通りだったのか予想外だったのかは俺には分からないが、いろいろと思惑があったのは確かだな」

「何を言うの。大勢の人間が亡くなって、今も放射能汚染は続いているのよ」

高橋シスターは怒りを覗かせた。

事故から数か月が経過していたが、未だに汚染地域への立ち入りは許可されていない。破壊された施設内の放射能が強くて、処理作業の目途が立っていないのが現状だ。

「あの事故で一番得をしたのは誰だ？」

男は平然とした表情を崩さずに尋ねた。

「得？　誰も得なんかしてないわ。しょせん核なんて誰にも使いこなせない兵器だわ。核を一度使えば、誰もが皆敗者になるのよ」

「その意見には個人的には賛成だが、実際にこの事故で得をした者がいるだろう」

「誰なの？」

「米軍さ」

「まさか」

冷たい風があずまやを吹き抜けた。

「確かに今は非難を浴びているが、これで核処理施設の重要性と核兵器の恐ろしさを存分にアピールできたわけだ。世界にはまだアメリカに照準を向けている核弾頭があるわけだし、ソ連の崩壊で中近東に核兵器が流れている。縮小の方向にあった軍の予算は、事故の処理に使う費用も加えてまた増額されるだろう。これが米軍にとっては長い目で見ればプラスになるとは思わないか？」

「でも――まさか。それで、その話と遥にどんな関係があるの？」

高橋シスターは警戒しながらも、話の続きを促すようにハンドラーの顔を見た。

「もう噂は聞いていると思うが、今、非公式に政府内に流布されている文書がある。ハナコ・エミー・ウエハラという日系人の軍の科学者が、今回の事故の顚末について書いた手紙――いわば遺書だね。核兵器の管理と解体のずさんさと危険性を訴え、早晩大きな事故が起きるであろうという予告がなされている。つまり、彼女がこの事故を引き起こした張本人であると政府は睨んでいるわけだが、その手紙にはもう一つ興味深いことが書かれていた」

ハンドラーは石のテーブルの上に指を組み、遠いところに目を向けたまま淡々と話し続ける。

「彼女は超能力者であって、かつて軍の内部の『ZOO』という秘密組織で研究をしていた伊勢崎巧博士の実験に協力させられ、彼のクローンを産まされたというんだね。同時期、博士は妻との間にできた娘に、最新の彼の研究成果を試していた――遺伝子操作で知能や身体能力を高めるという成果。二人の子供は血の繫がりがあるせいか、互いに強い感応能力を持っていたことに気付き、彼女は二人を使って核兵器の解体ができないかどうか考えるようになったという」

高橋シスターは睨み付けるように男の顔を見ている。

「その手紙には、彼女が博士の娘を日本から連れ出して、洋上で解体の訓練をして軍事施設の中で兵器を解体したという過程が詳しく書かれていた。そして、このことが早晩大きな惨禍を世界にもたらすだろうと言っている――つまり、彼女とその息子と伊勢崎博士の娘が兵器を解体するために事故が起きると予告している。言い換えれば、今回の事故は自分たちの犯行であると宣言しているわけだ」

「軍はその手紙を信じたってこと？」

「まあね——信じているふりをしてるってところかな。これで名指しできる具体的な犯人が見つかったわけだし、核兵器の解体の難しさやその予算の重要性が切々と説かれている。この手紙を利用した方がいいと思っていることは確かだ。なにしろ、軍はもう『ＺＯＯ』を潰したわけだし、これで関係者は事故で皆死んだことになる」

「あんたは信じていないようね」

「俺はもう少し用心深い性格なのでね」

ハンドラーは胸ポケットからコピーの束を出した。どうやらそれが、彼が入手した手紙らしい。

「この手紙を読んでいると、幾つか不自然な箇所がある——そもそも、幾ら子供たちが優秀とはいえ、たった二人で複数の技術者の手を借りずに核ミサイルを解体できるかどうか疑問だ。伊勢崎遥を空母でアメリカまで連れていったというが、俺が聞いたところでは彼女の姿を見たという軍の関係者は全く存在していない」

ハンドラーは話を切ると、高橋シスターをちらりと見た。

二人の視線が冷たく交錯する。

「つまり？」

「伊勢崎遥はミサイルを解体していない。少なくとも事故当時あの施設内にはおらず、今回の事故には関わっていないのではないかと思う。俺は、彼女はどこか別の場所で、自分はミサイルを解体していると信じ込まされていたのではないかと考えている」

「なぜそんな面倒なことを？」

「理由はいろいろあるだろう。が、軍がウエハラ博士をバックアップしていたことは確かだ。軍の協力なしには、空母に乗っていると信じ込ませることやそれらしい施設を用意することなど不可能だろうからな」

ハンドラーはどこか疲れたような表情で言葉を続けた。

「まず、伊勢崎遥を死んだことにすること。だが、何よりも大きな目的は、伊勢崎遥自身にも、世間にも、彼女がミサイルの事故を引き起こしたと信じ込ませるためだろうな」

高橋シスターは絶句した。

「なんという残酷な」

ハンドラーはこっくりと頷く。

「そう。それがそのウエハラ親子の博士に対する復讐だったんだろう。息子の方は、病気でもう長くなかったそうだ。ウエハラ親子が事故の時に死んだのかどうかは分からないが、死んでいることは確かだし、二人の遺体があの施設の中から見つかることは賭けてもいいね」

「ひどい話だわ。そんなことのために何百人もの人間が犠牲になったっていうの？　これから何年もあの場所には人が住めないのよ。子孫や生態系にも影響を与えるかもしれないっていうのに」

「元はと言えば、伊勢崎博士の撒いた種だ。博士はとんだパンドラの箱だな。彼に運命を狂わされた人間がいっぱいいる。俺もそうだし、あんただってそうじゃないのか」

ハンドラーは高橋シスターを睨んだ。

一瞬、シスターは逡巡《しゅんじゅん》する。

「なあ、そうだろう？　あんたは両親の手術費用と引き換えに自分の子を『ZOO』に養子に出したらしいな。『ZOO』がいろいろな手段で生まれたばかりの子供たちを集めてたのは知ってるよ。そのほとんどが生き延びなかったってことも」

シスターの顔が白くなった。膝の上で握りしめる指先も不自然なほどに白い。

「非難する気はないよ――しょせん俺たちは同じ穴のむじなだ。俺はアレキサンダーに会いたいだけだ。ただの犬馬鹿だ。いったいどこにいるんだろう？　遥が無事なら、アレキサンダーも無事のはずだ」

ハンドラーはほとんど独り言のように呟いた。

風が強くなった。

「あたしたちは傷を舐め合うことができるかもしれないけれど、そんなことすらできない孤独な人間もいるのよ」

高橋シスターは宙に向かって呟いた。

「——さて、ぼちぼち世間話は終わりだ」

突然、ハンドラーが冷たく口調を変える。

シスターは、いつのまにか口径の大きな銃が自分を狙っているのに気付き愕然とする。彼女は、手にした銃を男からそらしてしまっていたのだ。今撃ったら相手が勝つ。

彼女は舌打ちした。

「身体検査をしたのに。どこに銃を隠し持ってたわけ？」

「あの爆発で、身体は隠れたんだが遮るものがなかった部分は助からなかった。今度は足がなくなってね。お陰で両足の長さが揃ったよ」

「——義足の中ね」

ハンドラーは更に銃を彼女に近付けた。シスターは身体を堅くする。

「遥はどこにいる？　ここに来ていないとは言わせないぞ。俺は見たんだ——彼女くらいの年の女の子がこの山寺に入っていくところを」

「人違いよ。ここに逃げ込んだ女の娘だわ」

「そんなことは、探してみれば分かることだ」

「そうね。その通りだわ。自分の目で確かめてみれば？」

「ゆっくり俺の前を歩け。まっすぐ歩いて奥に案内しろ。あの二人を追い払え」

事態に気付いた女たちが身を堅くして坂の上に立っていた。シスターは目で合図して、彼女たちを下がらせる。

「もし遥が生きているとして、彼女やアレキサンダーを見付け出してどうしようというの？もう全ては終わったのよ。そっとしておいてあげたら」

シスターは淡々と言った。ハンドラーは低く笑う。

「語るに落ちたな。やっぱり遥は生きてるんだな」

「そうは言ってないわ。あんたは単に自分の生きる目的が欲しいだけでしょう。その目的を遥やアレキサンダーに求めるのは間違ってる」

「うるさい。そんなことは言われなくても分かってる。もう俺の人生はおまえと同じくらい狂ってるんだ。『ZOO』はなくなっても、動物使いたちは生きているし、『ZOO』の幻を追っているのは俺だけじゃない。俺が追わなくてもいつか必ず誰かが遥を見つけ出すぞ。いったん開いたパンドラの箱は、災いが出尽くすまで閉じないからな」

高橋シスターはごくりと唾を飲んだ。

災いが出尽くすまで。

あれは災いだったのだろうか。遥の柔らかい髪の感触。一緒にご飯を食べ、散歩をした幼い娘。生きていたら同じくらいの年だったあたしの娘。ふと、自分が撃ち殺した女のことを思い出す。彼女は、やはり自分の娘によく似ていた遥を殺そうとしていた。彼女は慈悲をもって遥を殺そうとしていたのだ。あの瞬間、遥もそのことを望んでいたように見えた。

胸のどこかが鈍く痛む。

あの時、二人は仲睦まじく抱き合っていた。本当の親子のように。

あの瞬間、自分が恵美子に嫉妬していなかったかといえば嘘になる。娘を腕に抱くあの女が妬《ねた》ましくて、彼女は恵美子を殺したのだ。

シスターは静かに坂道を登っていった。後ろから影のように男がついてくる。

この男、冷静だがやはりどこかたがが外れている。遥とアレキサンダーの存在がほとんど強迫観念のようになっているのだろう。遥が見つかっても見つからなくても、あたしたちが彼に始末されることになるのは間違いない。この寺を守っている女たちは皆殺しにされるだろう。『ZOO』はそういうやり方をするのだ。

刺し違えてでも、この男を殺さなくては。

シスターは心の中で暗く決心する。しかし、今の状況はこちらには不利だ。

「まず、さっきの家の中を見せて貰おう」

さすがにハンドラーの探し方は徹底していた。彼は隠し部屋や地下室を易々と見つけ出した。しかし、そのどれもが空っぽだったが。

何か手掛かりを残していなかっただろうか、とシスターは努めて平静を装いながら考えていた。必要最小限の荷物しか持っていなかったから、彼女は何も置いていかなかったはず。

ハンドラーは、階段の脇の小さな納戸に目を留めた。

「そこは？」

「物置よ」

「開けろ」

シスターは祈るような気持ちで戸を開ける。

「ほう」

畳んだ布団と枕が置かれている。シスターは舌打ちしたくなった。

「誰か最近までここにいたらしいな」

不思議なもので、人間が使っていた部屋というのはずっと締め切っていた部屋とは明らかに違う雰囲気がある。誰が見てもここに誰かが暮らしていたと思うだろう。

「ドメスティック・バイオレンスから逃げていた女の人が使っていたのよ」

「こんな小さな部屋で？　むしろ、小学生の女の子が住むのにちょうどいい部屋じゃないか？」

ハンドラーはからかうような口調で呟いた。布団をひっくり返し、床下に空洞がないか蹴る。

「うん？」

布団の下から、鮮やかなパンフレットがはみ出していた。

しまった！

シスターは心の中で叫ぶ。

ハンドラーはそのパンフレットを拾い上げた。何の変哲もない、旅行会社のパンフレットである。

「——カンボジア？」

ハンドラーは怪訝そうな顔でシスターを見た。

「カンボジアにいるのか？」

シスターは無表情で応える。

「さあ。ここにいた女の人はもう出ていったけど」

ハンドラーは彼女の言葉にとりあわなかった。

「なぜカンボジアなんだ？　かえって目立つだろうに」

ぶつぶつ呟く様がどことなく不気味だった。やはりここで食い止めなくては。

シスターは首すじに冷たい汗を感じながら、改めて決心した。

「よし、ここはいい。上の寺を見せて貰おう。いろいろと秘密の部屋があるらしいからな」

二人は外に出た。夕方の風が頬に冷たい。

「日が暮れないうちに済まそうぜ」

そして、日が暮れる頃にはあたしたちは皆死体になって横たわり、夜陰に乗じてこの男は山を降りていくに違いない。死体の発見は遅れる。

高橋シスターはそう考えながら狭い石段を登る。

ここで振り返って突き落とすというのはどうだ？　だが、この男は相当な訓練を受けている。あたしが動いた瞬間に撃たれているだろう。突き落とすことに成功したとしても、息の根を止められるかどうか分からない。怪我ぐらいでは意味がない。何よりも、確実にこいつの息の根を止めることが重要なのだ。

ふと、林の中でガサガサと動く影があることに気付いた。

頭の中にパッと明るいものがひらめく。

そうだ。彼がいた。だが、あたしには彼に指示を出すことができない。この男が敵であると、一撃で倒す必要がある男だと彼に伝えることができたら。

ハンドラーも同時にその気配に気付いたようだった。

「なんだ？　さっきも庭を横切ったが——まさか、本当に？」

注意が散漫になり、視線が木の間を泳ぐのが分かる。

今だ！

シスターは振り向きざまに身をかがめ、男の胴体にしがみ付いた。

弾けるような銃声が、山にこだました。

二人は崩れるように林の中に倒れ込んだ。ばきばき、ガサガサという木の枝の折れる音が辺りに響く。

「くそっ」

拳銃を奪い合う二人。熊笹の葉がちくちくと顔に痛い。

思い切り突き飛ばされ、シスターは林の中に放り出された。再びパンという音が耳元で響き、右肩に熱いものが破裂した、と思ったら、一瞬遅れてずきずきする激痛が襲い掛かってきた。撃たれたのだと気付く。

肩を押さえると、温かい血がぬるりと溢れ出してきた。

「次は目の間を撃つ」

ハンドラーは既に体勢を立て直していた。躊躇する様子もなく、シスターの目と目の間に銃を構えている。

ここまでか。

シスターは頭を撃ち抜かれる自分の姿を見たような気がした。

その時、ザッと音を立てて何かが林の中からジャンプし、二人の間にしなやかな影が飛び出してきた。

灰色の柔らかな塊。

ハンドラーの視線が引き寄せられる。

「アレキサンダー？」

巨大なシェパードが宙を舞い、ハンドラーの拳銃に嚙み付く。

「よせ、アレキサンダー！」

ハンドラーが叫ぶ。

しかし、犬は拳銃を離そうとはしない。

そもそもが狭くて不安定な足場である。あっというまに、男と犬はもつれ合って崖下に消えた。

シスターは慌てて立ち上がり、崖下を覗き込む。

ほんの一瞬の出来事だった。

辺りは静まり返り、風が山の木々を揺らす音が聞こえるだけだ。

流れる血を感じながら、彼女はぼうぜんとその場に立ち尽くしていた。

夕暮れの風は、血の匂いがした。


降り出した雨は、子供の呼吸の匂いがした。

「――また降ってきたね」

「うむ」

昼間の湿度は常に八十パーセントを超えているという。しかも、夜は更に十パーセント湿度が高くなるというのがこの国の気候なのだ。

神崎は板の間の上で起き上がり、軒下から落ちる雨垂れを見つめた。

すっかり湿気を吸って形が歪んだ文庫本を閉じて、玄関に座る少女と犬の後ろ姿に目をやる。

辺りは濃い緑の木々が濡れそぼる、典型的な農村の風景だ。タイとの国境まで五十キロというところだろうか。電気も水道もガスもない。むろん電話などあるはずはなく、不便さには慣れたものの日本と連絡が取れないことが気掛かりだった。たまに電話のある集落に辿り着いた時に極力電話をしていたが、次の連絡がいつになるか見当もつかない。

雨の音が満ちている以外は、怖いほど静かだった。

なんだか子供の頃のことを思い出すな。

神崎はじっとりと汗に濡れた首の後ろを掻きながら胡坐《あぐら》をかいた。

小さい頃、家の縁側で宿題をしながら雨が降るのを見ていた時の自分が現在の自分とオーバラップして、一瞬時間の感覚を失っていた。

身体というのは慣れるものだ。この、常に飽和しているような湿度の中で、最初は身体がついていかないのではと思っていたが、エアコンもなくこれがいつも自然の状態であるということを身体が納得すると、徐々に湿度が気にならなくなってきた。

地面の至るところに水溜まりが出来、濡れた小さな猫が、少女の隣の大きな犬を見て怯えたようにこそこそと通り過ぎていく。

人々は細い身体を運び、農作業に出かけてゆく。子供たちがもつれ合うように弟や妹を背負いながら親に遅れてぬかるみをゆく。

ゆったりと流れる時間にもいつのまにか慣れてきていた。これほど静かな気持ちで過ごすのはいったい何年ぶりか思い出せない。

少女の背中を見て、痩せたな、と神崎は改めて思った。前から小柄だったが、短く刈り上げた小さな頭は後ろから見ていても十歳そこそこの少年のようだ。夏物のシャツの上からでも背中の肉がげっそりそげ落ちているのが分かる。

シェパードの中でも大きな部類であるアレキサンダーと並んでいると、むしろアレキサンダーの方が大きく見えるくらいだ。

なぜ遥がカンボジアに行きたいと言い出したのかは分からなかった。

『ZOO』も消滅し、彼女の身に当面の脅威はなくなったかのように思われた矢先だった。アメリカで彼の仲間が軍の医療施設にいた遥を探し出し、アレキサンダーとナポレオンと共に連れ帰ってきた時から、遥は黙り込んでほとんど誰とも口をきかなかった。

あの軍事施設の事故が影響していることは誰もが気付いていたが、直接触れることはしなかったし、遥も日本を出てからのことを決して話そうとはしなかった。

これからどうするのか。

神崎たちは彼女の将来について話し合ったが、とにかく今はそっとしておこうということになった。ハナコ・エミー・ウエハラの手紙は彼等も入手していたので、存在を知らされていなかった肉親を、あんな形で失った遥を慰める言葉は誰も持っていなかったのである。

遥を母親の墓のある長野の寺に連れていくことを提案したのは高橋シスターだった。元々トラブルを抱えた女性のシェルターとして活動していたことで密かに知られていて、見た目よりも警備が厳重だという点で選んだ場所だった。

遥は無表情のまま寺に入ると、とにかく一日中小さな納戸でうつらうつら眠っていた。忘れたいのか、考えることを拒否しているのか、僅かな食事を摂る以外はひたすら眠っていた。

彼女の中で何かが死んだことが分かった。

それまでの彼女は、特異な育ちと才能を持った少女であっても、子供らしい溌剌《はつらつ》さを失うことはなかった。しかし、帰ってきた少女からは完全にその溌剌としたものが失われてしまっていた。かといって大人になったというのではなく、それは人生の中断だった。彼女は歩くのをぴたりと止めてしまったように思えた。

かつての彼女はそこにいるだけで美しく聡明な少女という眩しいくらいきりっとした存在感があったのに、今の彼女はまるで影のようで、そこにいるのかいないのかも分からずに通り過ぎてしまうほどだった。

高橋シスターは自分の食事もろくに喉を通らないほど彼女を心配していた。干渉することはなかったが、いつも即《つ》かず離れずで彼女のそばに付いていた。

最初はただの便宜的な任務であったはずなのに、いつのまにか、神崎もシスターも、本当に彼女を自分たちの娘のように感じていたことに気付かされた。彼女の不在や彼女が抱えている空白は、彼等にとっても耐え難かった。既に彼女を中心にして、二人の人生は回り始めていたのだ。

やがて、さすがに寝飽きたのか、遥はぼんやりと部屋や縁側に座っているようになった。何時間でも、同じポーズでじっと座っている。

アレキサンダーが近寄ってきても、ほとんど反応しない。

それでも放っておくと、じきに彼女は寺の書斎にあった仏教関係の本や仏典を読むようになった。それは異常なほどの集中力で、彼女は一か月ほどでそれらの本をほとんど読んでしまった。時折尼僧にぽつりぽつりと内容について質問しては、じっと何ごとか考え込んでいる。

遥の目に、かすかな光が戻ってきた。以前とは違う、何かを諦観したような静かな光だった。しかし、それでもその光は周囲の人間を安堵させた。少なくとも、彼女はこちら側に帰ってきたのだ。尼僧やシスターと、東洋と西洋の宗教や思想についてぼそぼそと話し合う姿も見られるようになった。

そんなある日、突然彼女はカンボジアに行きたいと言い出したのだった。

「なぜ」ときいても「分からない」と答えるだけ。

結局、神崎がアレキサンダーと共に彼女と同行することになった。

しかし、彼女は活気溢れる首都のプノンペンや、アンコール・ワットを始めとする仏教遺跡には興味を示さず、何もなく貧しい農村を歩くことを望んだ。

最初、神崎はカンボジアが仏教徒の国だから遥が来たがったのだと考えていた。この数か月、彼女は仏教の勉強ばかりしていたからだ。だが、一緒に歩いているうちに、彼女はただこののどかな風景に埋没したいだけなのだということに気付いた。

彼女はこちら側に戻ってきてなどいない。彼女は自分の存在を消したがっているのだ。一時は光を取り戻したように見えた彼女は、この土地に来てから再びぼんやりとした影の存在になった。数日間歩くとたちまち日焼けして、痩せた小さな姿は現地の子供たちとそれほど変わりがない。むしろ、伸びやかで笑顔と生命力に溢れているカンボジアの子供たちに比べ、遥は弱々しく貧相に見えた。

神崎は、果たしてこの地を訪れたことがよかったのかどうか日に日に分からなくなってきていた。

唯一心強いのは、アレキサンダーの存在だった。アレキサンダーは護衛のように遥に付き添っていた。彼女の危機を誰よりも分かっているのは彼かもしれない、と神崎は密かに自嘲した。しょせん、彼女の孤独は自分たちには理解できないのだ。そう考えると、無力感でやりきれなくなる。

カンボジアは雨季である。この時期、治水が不十分な河川の沿岸では洪水になることも多い。

小さな女の子とアレキサンダーを見て、雨宿りの場所を貸さない者はいなかった。心優しき人々。この二人と一匹の旅の目的を詮索する人もない。

むしろ、寛いでいるのは俺の方だな。

神崎は徐々にこの国のテンポに慣れてくる自分に苦笑した。彼自身も、ものごころ付いた時から常に緊張と先の読めない不安にさらされる生活を送ってきた。『ZOO』と戦ってきたのだから、それが当然だと思っていたのだ。

ずっとこんな日が続いたら。

犬と並んで座っている少女の背中を見ながら、神崎はそんなことを考えている自分に、「俺も焼きが回ったな」と一人心の中で苦笑していた。

雨は降り続いている。

遥はアレキサンダーの背中を撫でながら、ぼんやりと落ちてくる雨を見つめている。

なぜあたしはこんなところにいるんだろう。

彼女は通り過ぎる親子を眺める。

彼等はいつも一緒にいた。当たり前のように一緒にいる。

頭にフラッシュバックのように浮かぶハナコとトオルの姿。

それはいつも彼女の胸を苦しくする。心臓がどきどきしてきて、息ができないような気がしてくる。

続いて白い閃光。トオルの声が頭のどこかで響く。

きれいだね。きれいだね。きれいだね。

あの、無邪気で、しかも絶望的な声をあれ以来何度思い出したことだろう。耳を塞いでなんとかしてその声を消そうとした。が、無邪気な声は頭の中で鮮やかに繰り返す。

きれいだね。きれいだね。きれいだね——

目覚めた時、病院のような部屋にいた。壁に並んだTV画面の中で、あの恐ろしい事故に関する情報が刻一刻と告げられていた。

それでもあたしはあの声を聞いていた。

きれいだね。きれいだね。きれいだね——

あたしは怪我一つしていなかった。地下のシェルターに一人で倒れていたそうだ。

ハナコは？

その質問に、軍医は首を左右に振った。

トオルは？

やはり軍医は首を振る。やがて、何人かの医者と軍人がやってきて、質問を始めた。ハナコとの出会いから、今回の作業について。質問はえんえんと続いた。

何か恐ろしいことが起きた。それも、自分がしでかしたのだ。

薄々そう気付いていたけれど、改めて確認することはできなかった。ことの大きさに、心が麻痺していたのだ。TVの中で叫ぶリポーターや、渋滞の道を西へ東へ逃げる人々を感じながら、あたしは現実を拒否していた。ハナコに嵌《は》められたという苦い絶望はあったが、それを当然の報いのように思ったのはなぜだろう。いつかはこんな日が、自分が決定的な罪を犯すことをずっと前から予期していたような気がするのはなぜだろう。

パパ。

遥は恐怖を込めてその名を叫ぶ。

どうしてこんなことになってしまったの？　あたしはこうやって世界を焼き尽くすために生まれてきたの？　パパ、教えてよ。ハナコに何か言ってあげて。ハナコを好きだったと言って。好きだからこそ、トオルを産ませたのだと彼女を説得して。

ハナコの絶望と憎しみに満ちた愛が、あの瞬間から身体の中を貫いて離れなかった。

罪の意識よりも、ハナコの思いが呪縛《じゅばく》となって遥の心を締め付ける。いや、あまりにも大きい罪を意識しないために、彼女はハナコの呪縛にすがっていた。

ハナコとトオルの姿は、遥の心をずっと凍り付かせている。

それからの日々は、目の前で広げられる寸劇を見ているようで全く現実感がなかった。軍の施設から助け出された時も、まるで映画を見ているみたいで、自分のこととは思えないほどだった。アレキサンダーとの再会にも、ぴくりとも心は動かされない。アレキサンダーが送ってくるエネルギーも、ちっとも受け入れられない。アレキサンダーはしきりに何かを伝えようとしていたが、遥は受け入れを拒絶していた。心のどこかでは聞かなくちゃと思っているのだが、身体が言うことをきかないのだ。

気が付くと日本に着き、気が付くと山奥の小さな寺で高橋シスターと再会していた。

高橋シスターの顔だけが他のものよりもかすかに色を帯び、暖かく輝いていたような気がする。

彼女はいつもそばにいてくれた。あえて遥の中に踏み込んでこようとはせずに、彼女の混乱を見守っていてくれた。あの時慰められたり説教されたりしていれば、今度こそ完全に彼女は壊れてしまっていただろう。

小さな寺は、不思議な静けさと穏やかさに満ちていた。何者にも侵しがたい秩序があって、自然にしていられた。

仏典や本を読んだのは、そうしていると心が落ち着くからだった。内容をきちんと理解できていたかどうかは心許無い。だが、経文《きょうもん》や先人の言葉は彼女の精神を鎮静させてくれた。

ちょっとでも現実に考えを向けると、たちまち鋭い刃に心臓をずたずたに切り裂かれそうになる。自分をこの世に繋ぎ止めるためには、あの呪文にも似た経文が必要だったのだ。

何日も本を読んで過ごすうち、ようやく遥はかつて自分に課した運命を思い出した。自分で自分をコントロールできなくなったと感じたら、自分に引導を渡すこと。最期の瞬間だけは、自分で選び取ろうと決めたことに、彼女はわずかな希望を見いだしたのだった。

以来、彼女は自分の死に場所という観点でそれにふさわしい場所を探し始めていた。あたしは自分の最期の場所を選ばなければならない。あんなことをしでかした人間が、のうのうと一人生きているわけにはいかない。それが誰かの策略であったとしても、実際に手を汚してしまった以上、罰を受けなければならない。

そう考えることで、ようやく遥は心の均衡を取り戻し始めていた。周囲はそんな彼女を見て安堵していたようだが、それは彼女が覚悟を決めたからに過ぎなかった。

長野なら母の墓がある。ここならすぐに母の墓に入れて貰えるかもしれない。

そう考えながらも、遥はなぜか自分が日本で死ぬ気がしなかった。

再びアメリカへ？　しかし、戦うべき相手も、弁明すべき相手ももうこの世にはいない。軍と何かを話したいとはちっとも思わなかったし、話すべきことがあるとも思えなかった。

あたしはどこへ行くべきなのだろう？　どこで死ぬべきなのだろう？

遥は夏が終わり、いつしか秋を迎えようとしている山の色を見ながら考えていた。

自分は日本では死なないという直感を信じていた彼女は、その場所を探した。

どこへ？

山門の周りを掃き、縁側の雑巾がけをしながら考える。

どこで？

秋風が窓を揺らし、冷たいすき間風が朝晩忍び込む頃、すとんとその地名は天啓のように彼女の中に降ってきた。


カンボジア。


なぜかは分からない。突然、その地名が心の中に降ってきたのだ。これまで全く意識したことのない、行ったことも予備知識もない国だった。

何かのニュースで見たのかもしれない。しかし、寺の中でTVやラジオが点けられていることはまれだった。むしろ、そういった現世が侵入してこないように注意が払われていたと言っていい。

なのに、その瞬間、彼女はその国に行きたいと焦がれていた。そこが自分の行くべき場所だと悟っていたのだ。

しかし、熱望して現地を訪れたものの、どうしてよいのか分からなかった。あんなに自分が行くべき国だという直感は強かったのに、着いてみるとどんよりした当惑しか湧いてこない。単なる気まぐれだったのか？　一時の気の迷いだったのか？

死に場所を探していると神崎に言うわけにもいかず、遥は足の向くままに進んだ。なぜか都市部には足が向かなかった。農村地帯に足を踏み入れた時、ほっとした。ここに来たのは正しかったのだ、と思った。

以来、彼女は自分の最期の場所を探しながらゆるゆると旅を続けている。

ずっとごまかしてきたが、このごろ神崎が薄々彼女の目的に気付いているのではないかと思う時がある。

遥はぼんやりと空を見上げる。熱帯モンスーンの国。雨と森の匂いの国。

その場所はどこにあるのだろう。そこを通りかかったら、ここだと分かるのだろうか。遠くから、ゴトゴトという音が近付いてきて、遥は音のする方を見た。

小さなトラック。車体に何か英語で書いてある。

トラックはぬかるみの道を、ハネを上げながら通り過ぎていった。

中にはヘルメットをかぶり軍服のような制服を着た二人の男が乗っていた。一人は白人で、もう一人はカンボジア人に見えた。

神崎が奥から出てきて「ああ」と言った。彼も退屈していたらしく、たまに通り掛かった車に興味を引かれたのだろう。

「地雷除去を専門にするＮＧＯだ。その分野では有名な団体だよ。もう、タイとの国境が近いからね——国境近くには巨大な地雷原がある。気の遠くなるような作業だな」

神崎は気の毒そうに呟いた。

二十年にも及ぶ内戦の爪痕は、未だに非戦闘員である国民に影を落としている。アンコール・ワットか地雷かというくらい、カンボジアの地雷は有名になってしまった。実際に、まだ未処理の地雷が大量に国土に埋まったままなのである。その数は、六百万個とも言われているのだ。地雷除去のベテランですら一日掛けて数平方メートルの地面を処理するのが精一杯だというのだから、全ての地雷を取り除くには凄まじい労力と時間が掛かることが分かる。

地雷除去。

遥はそう考えたとたん、胸がずきんと痛んだ。その痛みが何を指すのかも分からず、彼女は知らず知らずのうちにトラックの後を追いかけ始めていた。

「遥？　おい、どこへ行くんだ？」

神崎の訝《いぶか》しげな声を背中に聞き、アレキサンダーが自分を追ってくるのを感じながら、遥は雨の中を小走りに進み始めた。たちまち足に泥が跳ねて、靴に雨が染みてくる。

胸の中に、暫く忘れていた不思議な興奮が湧いてくる。

悪路でスピードが上げられないのもあったが、トラックはそんなに急いでいないようだった。何分か走ると、ゆるやかな斜面の、草が灰色に茂っている場所にトラックが止められているのが見え、運転席にいた二人が地図を見ながら何ごとか打ち合わせしているのが目に入った。

斜面の奥の方には、棒を立てて紐を渡した箇所が幾つもある。地雷があることを示す場所だ。

二人は遥に気が付くと、大きく手を振って押しとどめるしぐさをした。

「作業中だ。地雷があるぞ。戻りなさい。こっちに足を踏み入れちゃダメだ」

遥を地元の子供だと思ったのか、カンボジア人がクメール語で叫ぶ。

何日間か過ごすうちに、クメール語で何を言っているか大体聞き取れるようになっていたが、遥は首をかしげてその場に立ち止まった。

背の高い白人が、指さしながらその場所に向かってゆっくりと歩き出す。

その瞬間、遥は奇妙な感覚に襲われた。

どこか懐かしい感覚。揺れる牛乳。足元に落ちたマグネット。

頭の中が膨らんで、どこまでも広がっていくような——遠い遠いところへ——全てが立体的に透き通ってゆく——

全身がぎゅっと音を立てて膨らんだような気がした。

この感覚を味わうのは随分久しぶりだ。

ふと、斜面に目をやると、点々と黒い塊が埋まっているのが見えた。

遥は激しい興奮を覚えた。

見える。見えるわ。地雷が見える。

紐で区切られた箇所よりもずっと手前に一つの地雷が埋まっているのが目に留まった。ちょうどパイナップルの缶詰くらい。上に体重を感じる突起が付いていて――

「危ない！　左足の一メートル先に地雷があるわ！」

遥が英語で叫ぶと、白人はビクッと全身で反応して足を止め、振り返った。

その目には驚愕がある。この小さな東洋人の娘が完璧な英語で叫んだのだから無理もない。

更に、その内容はもっと驚くべきものだったのだ。

「なんだと？」

白人は恐る恐る自分の足元に目をやった。

「ちょっと斜めになってる――でも、起爆装置が地面にむき出しになってるわ」

彼は用心深く前に出ると、しげしげと地面を見ていたが「おう」と唸った。

「本当だ。こんなところに」

青ざめた顔で暫く地雷を見つめてから、男は改めて混乱した表情で遥を振り返った。

「誰だ、君は？　そこから地雷が見えたとでも言うのか」

遥は小さく頷いた。

白人とカンボジア人が、怯えた表情で顔を見合わせる。

「OK」

遥はじっと紐で区切られた斜面の二か所に目を凝らした。彼女の脇で、腕組みをした二人の男が懐疑的な表情で彼女の行為を見守っている。

全身に力が漲《みなぎ》っているのを感じる。

見える。見えるわ。嘘みたいに見える。

心臓がどきんどきんと激しく鳴っている。

単純な喜びと共に、かすかな恐怖もあった。

あたしはまた、新たなステージに上がってしまった。

遥は痛いくらいにそのことを感じていた。

あの時はうんとエネルギーを集中させ、くたくたにならなければこんなふうに見通すことはできなかったのに、今はちょっと意識を集中させるだけで見えてしまう。

「こっちは、全部で五個埋まってるわ。右上に二個、真ん中に一個、一番下の左右に一個ずつ。それで、こっちは四個ね。上から三分の一くらいのところに、ちょうど間に一つ地雷が入るくらいの間隔できれいに四個並んでる」

遥は指をさしてすらすらと答えた。

気まずい沈黙が降りる。

「まさか」

「でも、合ってる。確かにその通りだ」

男たちは慌てたような表情で、互いの顔と遥の顔とを交互に眺めている。

「遥」

遠巻きにしていた神崎が駆け寄ってきて耳元で鋭く叫ぶ。

「いいのか。面倒なことになるかもしれないぞ」

神崎の懸念はよく分かっていた。しかし、遥は何も答えなかった。あの時と同じ。ミサイルを解体すると言われ、自分にそれができるかもしれないと高揚した気分になったのを苦い気持ちで思い出す。更にそれが激しい後悔に変わる前に慌てて打ち消した。

「いいの。これで一つでも地雷がなくなればいいことじゃない？」

「だが」

「お願い。今日だけ」

「それで済めばいいが」

神崎は不安そうだ。

何かのトリックかと疑った二人は――チャールズというイギリス人と、ユンというカンボジア人だということが分かった——火薬を抜いた地雷を好き勝手に地面に埋め、逆に位置と数を当てさせたのだった。

　あまりにもすらすらと当てていく遥に、驚きを通り越してあっけに取られている。

「信じないのも無理はないけど、信じてくれるのなら是非協力したいわ。でも、あたしが協力していることを他の人には知られたくないの」

　遥は控え目に申し出た。

　二人は顔を赤くしたり青くしたりしている。

「——正直言って、僕にはまだ信じられない」

　チャールズが混乱した声で言った。

　随分長い間、チャールズとユンはお互いの顔と、神崎と遥の顔を「誰かジョークだと言ってくれ」というようにキョロキョロと見回していたが、やがてあきらめたように再びチャールズが口を開いた。

「しかし、こうも考えてる——ひょっとすると、我々は今日、小さな女神を見つけたのかもしれないってね」

　一日だけで済むはずはなかった。

翌朝からは、遥がトラックの中央に乗って、彼等の受け持ち地区の幹線道路の無事を確認するところから作業は始まった。神崎とアレキサンダーも付いてきたが、チャールズとユンはいっこうに気にする様子はなかった。なにしろ、これまでどのくらいどこに埋まっているか全く分からなかった地雷の総数を把握できるだけでも飛躍的に作業効率が上がったのである。

「まさか、これは夢じゃないだろうな。本当のところ、いつも夢見てたんだ。地面を透視して、すらすら地雷の場所を言い当てていく夢。もう大丈夫、ここには一個も地雷はないよと一度でいいから請け合ってみたかった。これが夢なら覚めないでくれよ。今朝起きた時もまだ半信半疑だったんだから」

チャールズは運転をしながらひっきりなしに遥を振り返る。ちょっとでも目を放したら、遥がどこかへ消えてしまうのではないかとでもいうように。

チャールズは見た目のいかつさよりずっと若かった。神学校に通っているうちに教義に疑問を覚え、地雷除去のボランティアになったという。ユンは国から任命されて各国のNGOと共に国内の地雷除去を行っている公務員だった。彼もまだ二十代前半という若さである。

遥は強い手応えを感じていた。彼等が遥の能力を信じてくれたということ、自分にやれることがあるということ。その両方が彼女に深い喜びを与えてくれたのだ。

神崎が心配しているのは分かっていたし、警戒すべきであることもよく分かっていた。しかし、遥はつかのま先のことを考えるのをやめた。これまではいつもその繰り返しだった。ちょっとでも先のことを読んで、必死に敵の裏をかく。常にいろいろなケースを考えて先手を打つ。

未来など、いい。もう嘘をつくのは嫌だ。

遥は心の底からうんざりしてそう思った。

欺瞞も陰謀ももうたくさんだ。あたしにできることをさせてほしい。

遥は男たちも驚くほどの集中力と辛抱強さで作業を続けていった。

だが、評判にならずに済むわけがない。

受け持ち地区の地雷の除去を驚異的なスピードで終えたチャールズとユンの活動が人々の口に上るようになるまで大した時間は掛からなかった。

有頂天になったユンが、うっかり親戚に遥の存在を話してしまったというのもある。

通信手段に恵まれないとはいえ、カンボジア人の口コミのネットワークは凄まじい伝播《でんぱ》力を持っていた。五日もすると、NGO宛てにプノンペンや海外の新聞社や通信社など数社が遥を取材したいと申し出てくる事態に陥って、遥たちは事の重大さに愕然とした。

かつて見た悪夢が蘇る。

遥は脳裏にハナコの言葉を聞いた。

要するに、あなたもあたしも同類ってこと。自然発生の怪物か、マッドサイエンティストに造られた怪物かの違いよ。あたしがゴジラであなたはフランケンシュタインってとこね。

ひっきりなしに焚かれるカメラのフラッシュ。好奇心と嫌悪に満ちた大衆の視線。たちまち遥の居所は米軍どころか世界中にバレてしまうだろう。いや、既にもうバレているのかもしれない。

遥の萎縮した表情を見て、チャールズたちは彼女の置かれた複雑な事情に思い当たったらしく、マスコミの取材は全部断り、遥が参加する除去活動が外部に分からないように努力してくれた。ユンは何度も遥に謝った。遥は謝るユンに済まなく思った。結局いつもトラブルの原因になり、周囲を傷付けるのは自分なのだ。

作業はやりにくくなった。遥が小さな女の子だというのは広く流布されているらしく、彼等の車を見ると、女神が乗っているのではないか、女神を一目見ようと住民たちが寄ってくるようになってしまったのである。もはや遥のイメージは、一種の民間信仰に近い形で住民たちの間に広まっているようなのだ。

だが、始めたものはやめるわけにいかないし、彼女が見回らなければならない箇所は山ほどあった。チャールズとユンは、NGO内に協力を求め、彼等が円滑に作業ができるよう神経を遣ってくれた。

しかし、遥は日に日に強い不安に襲われるようになった。何かが起きる。そのうち何かカタストロフィが訪れる。そんな嫌な予感がしてたまらないのである。

神崎の方でも危機感を募らせているらしく、日本に連絡を取るといって一日がかりで都市部に出かけてゆき、暗い顔をして戻ってきた。

「ハンドラーが生きている」

「えっ」

思ってもみない神崎の言葉に、遥は絶句した。

「寺まで来て、アレキサンダーと遥の居場所を教えろと迫ったらしい。しかも、どうやら俺たちがカンボジアに来ているということを嗅ぎ付けてるようだ」

「なぜ今ごろ」

「奴はアレキサンダーに入れ込んでたからな。気を付けるにこしたことはない」

遥は喉の奥に苦いものを感じた。

ハンドラーが生きている。あの男。父の別荘と共に死んだはずのあの男が。まさか本当に、再びあの男が目の前に現れるというのだろうか？

翌日、正午を回ったところだった。

空は暗く、強い風が吹いている。今朝も早くからタイとの国境沿いで作業をしていたが、天気が悪くなりそうなので早めに引き上げることにした。

「嫌な天気ね」

遥は窓ガラスの向こうを流れる真っ黒な雲を見上げた。

「台風が来てるらしい。夕方から大荒れになりそうだ」

後ろの席で神崎が呟いた。すっかりトラックに揺られるのに慣れたアレキサンダーはべったりと床に伏せている。

昼間なのに薄暗い。時折ひどい横風が吹いて、トラックが地面からかすかに持ち上がる。道路の両側はどちらも手付かずの地雷原だ。森の中だけに、なかなか処理を始めるのが難しいのだ。

大きなカーブの先に、小さな石造りの橋が見えた。

「今週は、ルカのおかげでよく働いた。こんな充足感は初めてだよ。今日はさっさと帰ってビールが飲みたいね」

チャールズが小さく欠伸をしながらそう言ってハンドルを切った。

「ん？　あれはなんだ？」

橋の前に小さな人影が見える。

「誰か倒れてるみたい」

「横に子供がいるね」

「どうしたんだろ、病気かな」

チャールズは車を道路の隅に寄せた。

道の中央に、若い女が倒れていた。その女にすがって、小さな男の子と女の子が泣いている。

ユンが降りていき、子供たちに近付いていった。

「お母さんの具合が悪いのかい？」

話しかけたユンはぎくりとして立ち止まる。

女の身体の下に、大きな血溜まりができている。

「これは」

女は頭を一発で撃ち抜かれていた。

「歩いてたら、歩いてたら、パンッて大きな音がして、倒れた」

男の子が涙でぐしゃぐしゃになった顔を上げて訴える。

こんな。一発で頭を撃たれるなんて。

頭の中が真っ白になった瞬間、まさにそのパンと明るい発射音がして、男の子の身体が一瞬空中でぎくりと硬直した。

「え」

ユンが顔を上げたとたん、男の子の頭が砕けたように見えた。こめかみから血が噴き出し、男の子は音もなくぱたりと母親の上に倒れた。

ユンは目の前で何が起きているのか把握できず、混乱して森に向かって顔を上げた。

森の中に誰かがいる。

更にもう一発明るい音。肩に激しい衝撃を覚え、彼は次の瞬間、地面になぎ倒されていた。

「ユン！」

車の中からチャールズが叫ぶ。

神崎が銃を構え、遥は座席に押し込まれた。

女の子がますます激しく泣き叫んだ。ほんの数秒前まで一緒に泣いていた兄は、もうただの物体になってしまっている。

「なんて奴だ。トラックの通り道でわざと通行人を殺して車を止めたな」

神崎は怒りのあまり青白くなっていた。


「出てこい、伊勢崎遥。出てこないともう一人の子供を撃つぞ」

遥はぎくっとして顔を上げた。

聞き覚えのあるこの声。一年前に聞いた声だ。

まさかこんなに早くカンボジアに現れるとは。神崎から話を聞いたのは昨日のことではないか。

「出ちゃ駄目だ、ルカ」

遥が身体を泳がせると、チャールズが叫んだ。

「でも、あの子が」

「駄目だ、君はこれからまだまだやることがあるんだから」

チャールズが茶色の目を見開いて睨み付ける。普段の温厚さからは想像もできない怖い顔に、遥は一瞬ひるんだ。

銃声が響き、少し間を置いて何かが燃え上がる気配がした。

車のガソリンタンクを撃たれたのだと気付く。

「まずい、外に出ろ。なるべく車の陰に」

神崎とアレキサンダーが後ろで動き出す。チャールズは遥を車から引きずり出し、車の陰にしゃがみ込んだ。

「出てこい、伊勢崎遥。俺の犬をどこへやった」

「犬？　犬だと？」

 チャールズは虚を突かれたようにぽかんと口を開けたが、見る見るうちに顔を怒りに紅潮させた。

「奴はいったい何を言ってるんだ？　犬のためにこの国の救世主を殺そうというのか」

怒りを滲ませる彼に、遥はなんと言ってよいのか分からない。ハンドラーにとっては、アレキサンダーが全てなのだ。常識など通用しない。それは遥だって同じだ。

車の幌《ほろ》に火が燃え移り、どんどん炎が大きくなっていく。

ハンドラーはどこにいる？

遥は意識を集中した。

森の中——木の上に登っている。うまく地雷原からそれたところに構えている。いい場所を見付けたものだ。車はカーブでスピードを落とさざるを得ないし、左右の森の中は地雷原で、車から降りた人間は森の中に逃げ込めない。

彼はまだアレキサンダーと神崎に気付いていない。いや、もう気付いたか——

「ルカ、森の中の地雷は？」

チャールズが尋ねた。

「駄目よ、こっちはどの木の間にもみっちり埋めてある。踏まずに森の中に逃げ込むことは不可能だわ」

「橋のたもとはどう？」

チャールズは顎で石の橋を示した。ちょうど欄干の陰に死角がある。

「あそこなら大丈夫。でも、遠いわ」

再び乾いた銃声。

遥はびくっと身体を震わせた。

一瞬の沈黙ののち、女の子は更に火が点いたように泣き出した。右腕を押さえて、地面を転げ回っている。腕を撃たれたのだ。

ユンは肩を押さえたまま地面で呻いている。どんどん血が流れ出しているのが見えた。


「出てこい、遥。次は左手を撃つ」


低い呪文のような声が森の中から響いてくる。

「畜生、なんて腕のいいスナイパーなんだ」

チャールズは舌打ちした。

これ以上車の陰に隠れてもいられなかった。車は松明のように赤々と燃え上がり、熱で近くにいることがつらくなっていたのだ。

だが、チャールズは決して神崎たちを振り向かなかった。後ろを見ると、そこに誰かがいることを悟られることを恐れたのである。

「ルカ、僕にしっかりつかまって」

チャールズは首に掛けていたヘルメットを手に持った。

「どうするの、チャールズ」

チャールズは力いっぱい道路に向かってヘルメットを放り投げ、同時に軽々と脇に遥を抱えると、石橋めがけて走り出した。

ヘルメットが地面に当たる音と、そのヘルメットに向かって発砲する音を聞きながら、遥はめまぐるしく揺れる風景を見ていた。

更に銃声。小刻みな衝撃。かすかにチャールズの足がもつれた。

「チャールズ？」

違和感を覚えるまもなく、チャールズは遥を抱えて受け身のように地面に倒れると、ごろごろと転がって石橋のたもとになだれ込んだ。

近くで銃弾が跳ねる音がして、遥は思わず目を閉じる。

パラパラと頭に砂が降りかかった。

つかのまの静寂。

「チャールズ」

よろよろと泥だらけの身体を起こし、遥は隣で横たわっているチャールズに目をやった。

しかし、彼は動かない。ふと顔を上げると、見る見るうちに、シャツに血の染みが広がっていく。

「チャールズ！　チャールズ！」

遥は半狂乱になって耳元で叫んだ。

「――ルカ？」

チャールズはぎこちなく顔を動かして遥を見た。その土気色の顔にゾッとする。

「無事だね？」

「ひどい。撃たれちゃったのね。ごめんなさい」

あたしをかばったばっかりに。

遥は涙声になった。チャールズは小さく笑う。

「ルカ、ありがとう」

「え？」

遥は自分の耳を疑い、彼の口に顔を近付けた。チャールズは囁くような声で続ける。

「僕は子供の頃から、いつもいつも――神の不在に憤っていたんだ。神などあてにならない、自分の手を使うしかないと思ってこの国に来た」

こんな状況で、彼はいったい何を言い出すんだろう？

遥はシャツに広がる染みが涙で滲むのを感じながら耳を傾けた。

「でもねえ、君に会って、今、やっと神の存在を確信したんだよ――やはり神はいた――僕は君に会って、君を守るために、神にこの国に遣わされたんだってね。やっと分かった――嬉しい――」

不意に言葉がとぎれ、意識が遠ざかったのが分かった。

「チャールズ！　ひどい、チャールズ」

遥は激しい憎悪を覚えた。

神の存在？　たった今、どこに神がいるというのだろう？

遥は血まみれで倒れている親子とユンを見た。

この瞬間、そいつはいったい何をしているの？　なぜ彼等をほったらかしにしておくの？

神はこの善良なる若者を殺し、血まみれの手を持つあたしを生かそうというのか！

「出てこい、伊勢崎遥。女神だと？　救世主だと？　笑わせるぜ。その手が誰よりも汚れてることはおまえがよく知ってるだろう」

そう。ハンドラーはよく知っている。あたしたちはずっと自分の手を汚してきた。いつのまにか、その血まみれの手に自分たちの存在理由を見つけ出すようになっていたのだから。

「今行くわ！　あなたも出てきてちょうだい」

遥は大声で叫んだ。

「よし」


神崎が遠くで「よせ。出るな」と必死にサインを送っているのが分かったが、遥はもう立ち上がっていた。

同時に、森の中からゆっくりと一人の男が出てきた。

懐かしいという感覚が自分の中に蘇ったことに遥は驚いていた。

「久しぶりだな。会いたかったぜ。俺の犬はどこだ？」

二人は向かい合って立った。銃口はピタリと遥の心臓に向けられている。

「あんたの犬じゃない。あたしの犬よ」

遥は正面から男を睨み付けた。男の目に暗い怒りが弾ける。

「俺の犬だ」

まるでその時を待っていたかのように、小さくステップを踏んで、軽やかにアレキサンダーが二人の間に躍り出た。

いる。

「アレキサンダー！」

二人は同時に叫んでいた。

「来い！　アレキサンダー。俺と一緒に行くんだ」

かぶせるようにハンドラーが叫ぶ。遥は絶句した。

アレキサンダーは、遥の前に静かに立っていた。つやつやとした黒い毛並みが雨に濡れている。

奇妙な沈黙が、三者の間に落ちていた。

神崎が遠くで少しずつ車の後ろに身体をずらしているのが視界の隅に見えた。

アレキサンダーは低く唸り声を上げた。

「アレキサンダー？」

ハンドラーは必死にアレキサンダーの目を見ようとする。しかし、その目は険悪な獣の目だった。文字通り寝食を共にし、育て上げてきた彼の芸術品は、今、彼を正面から拒絶していた。

「畜生」

ハンドラーの表情がぐしゃりと歪む。

「この、恩知らずの畜生めが！」

男は遥の頭に銃を向け、引き金を引いた。

アレキサンダーは高くジャンプした。

神崎が遠くで立ち上がりハンドラーに向けて撃つ。

遥が金切り声を上げる。

「やめてぇえ！」

二発の銃声。

銃弾はアレキサンダーの腹に突き刺さる。しかし、アレキサンダーはびくともせずにその銃弾を受け止め、一撃でハンドラーの喉笛にくらい付く。アレキサンダーは確実にハンドラーの頸動脈《けいどうみやく》をとらえる。鮮血が迸《ほとばし》る。アレキサンダーがハンドラーの喉にくらい付いたまま、ゆっくりと両者は一緒に地面にくずおれてゆく。

「いやあああ！」

遥は頭を抱えて悲鳴を上げ続ける。

地面にくずおれた男と犬は小さくバウンドする。しかし、やがてどちらも全く動かなくなる。

神崎は、銃を構えたままぼうぜんとしていたが、そのうち、何かが起きていることに気付いた。

これはなんだ？

神崎は耳を澄まし、周囲の状況を窺った。

揺れている。空気が振動している。森も揺れている。地面も。

地震？

神崎は空を見上げた。

何かがたくさん空に浮かんでいた。赤っぽい、四角い塊がものすごくたくさん。

空はやがて黒い雪が降っているのかと思うほどその塊でいっぱいになった。

降っているのではない。どんどん地面から空に吸い上げられていくという感じなのだ。森の中から、森の向こうから。次々と四角い塊は空へ登っていく。

「なんだ？」

神崎は目の前の状況も忘れて空に見入った。

遥は頭を抱えて叫び続けている。

おまえか？　おまえがやったのか？

神崎は口の中で呟いた。

それは地雷だった。森や地面の中に埋められていた地雷が、地中から飛び出して空に浮かんでいるのだ。飛び出す瞬間の衝撃に、森や地面が揺れ、ピシピシ、パラパラという無数の音が辺りに満ちている。

俺は夢を見ているのか？

神崎はあんぐりと口を開け、弛緩した表情で空を見上げた。

やがて、それは空中で弾け始めた。小さな花火のように、あちこちで一斉に、粉々に弾ける。たちまち空は大量の爆竹が空中で破裂しているかのような凄まじい轟音に包まれた。そして、雨のように黒い破片が空から降り始めた。地面に降り注ぐ焼け焦げた破片で、見る見るうちに地面は真っ黒になってゆく。

奇跡というものを、生まれて初めて見た。

神崎は降り注ぐ破片を手に受けながら、黒い雨に打たれていた。

「遥」

誰かに頭の中で呼ばれたような気がして、遥はハッと顔を上げた。

頭上に降り注いでいるものが、地雷のかけらだとも気付かずに彼女はきょろきょろと辺りを見回した。彼女は混乱していた。アレキサンダーが撃たれた瞬間に、彼女に送り込んできたエネルギー。アレキサンダーは全てを見ていた。彼女は核ミサイルを爆破してはいなかった。仕組まれたセット。運び出されたセット。アレキサンダーは彼女の罪の意識を知っていて、真実を見せてくれたのだ。
だが今の声は。どこかで聞いた声なのに。

「遥、こっちよ」

強く優しい、凜《りん》とした声。ああ、あたしはこの声をよく知っている。
遥は後ろを振り向いた。橋の向こうの森の中から、誰かが手招きしている。

「あなたの場所は、ここ」

そう言い残して、その存在は姿を消した。
が、その存在が誰かはもう気にならなかった。
そうか、ここなのか。

その時、遥は目の前が開けるような爽快感を味わっていた。

本当に、目の前が明るくなったような気がした。

彼女は悟ったのだ。自分が求めていたのは死に場所ではなく、骨を埋める場所。そしてそれはこれからの長い歳月の果てに訪れる安息の場所であり、今のままの彼女を生かす場所なのであると。

ああ、そうか。あたしはここで生きていくのか。


「アレキサンダー！」


遥は叫んだ。

ハンドラーに折り重なるようにして横たわっていた身体がぴくりと動く。

「アレキサンダー、来て！」


ぶるっと全身が激しく震えた。毛並みに落ちた黒い破片を、その震動が払い落とした。彼は努力していた。腹に流れる血を振り切るように、力を振り絞っていた。そしてついに彼は四肢を地面の上に直立させた。彼は顔を上げ、自分を待つ少女を見た。もう一度大きく身体を震わせ、彼は歩き出した。体内から押し出されてきた黒い銃弾が足元にぱらぱらと転がり落ちた。

「神崎さん、あたし、行くわ」

神崎はハッとして顔を上げた。

そこには、彼の知らない少女がいた。

白く輝く小さな少女。

「シスターによろしく。もう心配しないで。もう大丈夫。誰にも邪魔されない。あたしはあたしのままで大丈夫なんだって分かったの」

黒い雨の中で、少女がそう言うのを神崎はぼんやりと聞いていた。

ああ。元気でな。

そう言いたかったが、何も口から出てこなかった。

少女は何か別の存在になっていた。彼の手の届かない、誰にも手の届かない何かに。

アレキサンダーが少女に寄り添った。

ようやく黒い雨は小降りになり始めた。

神崎は気絶しているユンと子供たちにのろのろと近寄り、脇腹を撃たれていたが意識を取り戻したチャールズを助け起こした。

「――これは？　これはなんです？　彼女は？」

チャールズはぼんやりと尋ねる。

「これは奇跡だよ。俺たちの奇跡は行っちまった」

神崎は、道の向こうに目をやったまま答えた。

「奇跡？　僕たちの？」

チャールズはぱちぱちと瞬きをした。

「そうだ。これは俺たちの奇跡さ」

チャールズは必死に神崎の見ているものに目をやろうとした。

しかし、そこにはもう誰もいなかった。不機嫌な雲の流れる空と、誰もいない森に続く道が、雨に濡れて鈍く光っているだけだった。

二〇〇二年四月　光文社刊

解説——六番目の僕？

外薗昌也《ほかぞのまさや》
（漫画家）

恩田陸さんの小説の解説を頼まれる。

『六番目の小夜子』で話題になった恩田さんの小説！　しかも恩田さんは僕のファンでぜひお願いしたいとのこと。

もちろん快く仕事を引き受けた。

ほどなくして届いたこの『劫尽童女』のハードカバー版を読み始める。

かわいらしい少女と特殊な能力を秘めた犬。謎の秘密結社の暗躍。なるほど以前僕が描いてた漫画『犬神』によく似たテイストだ。

僕の作品にインスパイアされて書かれた小説なのか？——と感動しつつなおも読み進む。

怖い設定の割りにはのどかに、そして牧歌的に進む文体に、やっぱり女の人だなあ、優しいムードだなあ、とほんわか気分になりかけてたら……「え?!」「ちょっと待って」「そ……そんな！」「え〜〜〜ッ?!」と叫んでしまった。

気がつくと第一部終わりである。

「やられた！　完全にひっかかった〜！」

「全部伏線だったのか!!」とあわてても、もう手遅れ。先を急ぐように第二部に突入。

「今度はひっかからないぞ！」と注意して読み進んでいったつもりが……高橋シスターのキャラにほんわかとほぐされ、ユキオくんの悲劇に同情してたりしてる内に、またもや「え〜〜〜？」って急展開で第二部完。

またひっかかったのだ！

結局この調子で最後まで読んで……いや、読まされてしまった。

僕の『犬神』からインスパイアされて書かれた小説なのかはわからないが、とても見事な、そして美しい物語に仕上がっている！

しかも女性ならではのリアルな幻想描写がキモチヨイのである。

「う〜〜〜む」とうなって本を置く。

凄く面白い小説を読んだあとの充足感にひたりながらも、ひとつの事が頭にひっかかっていた。名前のことである。

なぜヒロインのあだ名が「ルカ」なのか？　僕は『犬神』の他に『琉伽《ルカ》といた夏』という漫画作品も描いている。

「ルカ」と名のる未来からやってきた少女をめぐるジュブナイルＳＦだ。

わからない！

いくら僕のファンだとはいえ、名前まで同じにしてしまう意味がよくわからない。

もう一度『劫尽童女』を手にとり、巻末クレジットを見てみる。

「ん？」

二〇〇〇年秋から、二〇〇一年秋まで連載と記してある。

僕の『琉伽といた夏』の連載が始まったのは二〇〇一年三月からだった!!

こちらの小説の方が早かったのだ。

というか、ほぼ同時期に恩田さんは「ルカ」と呼ばれる少女の小説を書き、少し遅れて僕は「ルカ」と名のる少女の漫画を描いていたことになるのだ。

もちろん僕はこの小説のことは今の今まで全く知らなかった。

連載前の準備期間を考えると、物理的にも読むことはできない!!

……ただの偶然だろうか？

恩田さんも同じように驚かれたのかもしれない。

だから、こうして「解説」を僕にお願いしてこられたのかもしれない。

「これは偶然なのでしょうか？」と……

いやひょっとすると――

僕の別人格が違う場所と時間に存在し、小説家になり、僕の漫画を読み、驚き、「解説」を依頼するという形でコンタクトをとってきたのかもしれない。

あるいは僕が恩田陸女史の別人格で別の場所と時間で漫画家となっていて…………

次々と湧きあがってくる妄想のうずの中、
「小説や漫画より小説や漫画っぽい」
とこの状況に思わずニンマリしてしまった。
本当に最後の最後まで気のぬけない本を書いてくれました。
恩田さん、すごいっす。
「解説」まで読者に楽しんで読ませようとわざわざ僕を選んだんですね。
機会があったら今度飲みましょう。
「別次元に生き別れた妹」と出会ったような気分をきっと僕は味わえるでしょう。

文庫版あとがき

それは二〇〇二年の暮れのことだった。

私は打ち合わせが終わり、夜の飲み会までまだ時間があったので、銀座の町をうろうろしていた。そんな時、つい入ってしまうところ。それは書店である。ビルの最上階にある書店で、私は何か気になる本はないか物色していた。長年の勘で、面白そうな本を察知する自信はある。いつも利用しているのとは違う書店に入ると、それまで気にしていなかった本が新鮮に見えたりするので面白い。

そこは、文庫版の漫画が充実した書店だった。漫画の文庫は、かつて子供の頃に読んだ懐かしいものがあったりするので、ついあれもこれもと衝動買いしてしまう。

そこで、その本を発見したのだ。

その本は、出たばかりのようだった。続きものらしく、第一巻から第四巻までがずらりと並んでいる。

『犬神』外薗昌也

知らない名前だ。帯を読む。

「少年が出会った大型犬には黒魔術師・クロウリーが記した謎の数字〝23〟の刻印が――！

現世を揺るがす驚愕の書、待望の文庫化！」

なんと！　近頃不遇の長編伝奇ＳＦ漫画かいっ！　飢えていたジャンルやんけっ！

私は速攻でその四冊を買い、飲み会から帰って夜中に貪り読んだ。

うーむ。凄い。

いきなり犬が「春と修羅」読んじゃうんですよ、犬がっ。

その後の凄まじい展開、スペクタクルかつ目くるめくイメージの洪水に圧倒される。

暫《しばら》く漫画雑誌から遠ざかっていたので、漫画は単行本でばかり読むようになっていた。

が、こんな凄い漫画の連載を知らなかったとは。わたしはつくづくおのれの不明を恥じたのであった。

そうなのである。

既にお気づきの方もいらっしゃると思うが、『劫尽童女』は、『犬神』を読むよりも前に書き終わっていたものなのだ。『劫尽童女』の文庫解説を誰にお願いするか考えた時、ＳＦファンで、犬好きで、という外薗さん以外思いつけなかった。なぜあとがきが文庫解説よりも後になっているか不思議に思った方もおられるだろうが、この奇妙な巡りあわせを読者の皆さんにも味わっていただきたく、こんな順番になったのである。

青春期にSFを読み、読んだ作品に導かれて自分もフィクションを書くようになった人間は、誰もが皆生き別れのきょうだいみたいなものだ。そんなきょうだいが、世界のそこここで、日々次の世代に渡す物語を書いていると考えると心強い。

そうですよね、外薗さん。

『劫尽童女』は、『ファイアスターター』プラス七〇年代SFを念頭に置いた、一人の少女の成長物語のつもりで書いた。SFというのは、世界と直面し始める思春期に、自分と世界について考えるための絶好の手掛かりであり、永遠の青春小説でもある。

さあ、今もまだ青春真っ盛りの皆さん、外薗昌也の『琉伽といた夏』の各巻巻末にあるSFガイドを読んで、その世界に飛び込みましょう。

二〇〇五年二月

恩田　陸

『犬神』外薗昌也　全七巻（講談社漫画文庫）
『琉伽といた夏』外薗昌也　全四巻（集英社）
『ファイアスターター』スティーヴン・キング上・下巻（新潮文庫）

光文社文庫

長編小説
劫《こう》尽《じん》童《どう》女《じょ》
著者　恩《おん》田《だ》　陸《りく》

2005年4月20日　初版1刷発行
2019年7月10日　9刷発行

発行者　鈴木広和
印刷　萩原印刷
製本　ナショナル製本

発行所　株式会社 光文社
〒112-8011　東京都文京区音羽1-16-6
電話 (03)5395-8149　編集部
8116　書籍販売部
8125　業務部

ISBN978-4-334-73855-6　Printed in Japan

組版　萩原印刷

光文社文庫　好評既刊